SOLEIL
MANGA

W0352272

Écrivez-nous à :
Soleil Manga
25, rue Titon
75011 Paris - France
manga@soleilprod.com

Titre original : Gakuen Ouji, tome 5.

First published in Japan in 2008 by Kodansha Ltd., Tokyo.
Publication rights for the French edition arranged through Kodansha Ltd., Tokyo.

MC Productions
15, bd de Strasbourg
83000 Toulon - France
Conception et réalisation graphique : Studio Soleil
Traduction : Florent Gorges
Lettrage : Studio Charon
Dépôt légal : Décembre 2011
ISBN : 978-2-30201-910-2
Impression : Ercom - Italie

PINK
IL ADORE S'HABILLER EN FILLE.

GREEN
L'INTELLO DE SERVICE.

BLUE
LE MEC COOL. CE N'EST PAS LE LEADER MAIS IL ADORE ÊTRE AU CENTRE DE L'ATTENTION.

RED
C'EST LE LEADER MAIS IL EST SOU-VENT DÉPASSÉ PAR LES ÉVÉNEMENTS.

YELLOW
ELLE PRÉPARE SUPER BIEN LE CURRY.

VOUS RÊVIEZ
DE CONNAÎTRE
LES AVENTURES
DES IMBATTABLES ?!?
ALORS RENDEZ-VOUS
DANS LE PROCHAIN
VOLUME !

BY SAMEJIMA.

がばっ
FAIS DE MOI CE QUE TU VOUDRAS !
HAA...
TCHAAA
JE TE TIENS !
AAAÏE !
AVANT DE PORTER UNE PAIRE DE LUNETTES, J'AVAIS UN SACRÉ SUCCÈS AUPRÈS DES FILLES...
MÊME AVEC LES MECS.
MAIS ÇA A BAISSÉ, TOUT COMME MA VUE...
HÉ HÉ !
AVANT LE PORT DE LUNETTES
KLING
HAA...
QUEL JOLI PETIT...
TU VEUX UNE SU-CETTE ?
JÉSUS MARIE JOSEPH !
T'ES COMME SUPERMAN, EN FAIT !
LA CLASSE !
LE MÊME EFFET !
ET MOI ?
ON MONTE UN GROUPE ?
N'IMPORTE QUOI !
DÉGAGEZ !

ZAAAAM
VOUS AVEZ VU CE... REGARD ?!?
SES YEUX... ?
QU ... ?
WHAAA !
HAAA !
JE SUIS ENCEINTE !
KLING
ALORS ? JE DOIS AVOIR L'AIR D'UN INTELLO AVEC ÇA, NON ?
HMM ?
HA !
!?
MU...
MUNE-CHIKA !
BOM BOM

FUISH
CLAAAC
ET MERDE !
JE N'Y VOIS PLUS CLAIR...
OÙ SONT-ELLES PASSÉES, BON SANG ?
HA !
MUNE ...
HIII...
!!??
HUUU...
ガク FLAP
ガク FLAP
ZUIP
J'AI CRU ENTENDRE QUELQU'UN PRONONCER MON NOM...
MUNE... ?

ZZZ...
HMM ?
...
MES LUNET-TES !
HÉ HÉ !

ガチャ
TCHAAAC
MUNECHIKA !
GROUiiiC
J'AI LA DALLE !
T'AS RIEN À MANGER ?
MU...

## ✩ Salutations ✩

Bonjour à toutes et à tous. C'est Jun Yuzuki.
Enfin, toutes ces histoires de châtiments publiques viennent de trouver un dénouement.
Ça m'a paru si long ! Et je ressors épuisée de cette expérience.
Faut dire que j'éprouve un mal de chien à dessiner des scènes d'action. Et comme je n'arrêtais pas de me plaindre à un ami en lui disant « j'suis crevée », il m'a répondu en reprenant une rengaine de la série « le chien des Flanders » : « Attention, à trop dire que tu es fatiguée, les anges vont venir te chercher ! ».
Et quand je me suis enfin cru débarrassée du châtiment, je me suis lancée dans un match de balle aux prisonniers (rires). En fait, je crois bien que je suis complètement masochiste, non ?
Et sinon, je trouve Seiko très mignonne. Elle me plaît bien, moi.
Je suppose aussi que vous aviez compris que si Fuwa réapparaissait ici, c'était parce que j'y tenais vraiment !
De mon propre avis, je pense que Seiko et Azusa iraient sûrement très bien ensemble.
Qu'en pensez-vous ? Au départ, je souhaitais laisser Azusa dans la classe F pour le reste de la série (et franchement, il n'a pas l'air plus à son aise, plus actif ?) mais après mûre réflexion, je me suis dit que ça allait, d'un point de vue scénaristique, pas mal compliquer les choses. Du coup, je lui ai rendu sa classe S... Dommage, car là-bas, ce n'est le jouet de personne...
L'épisode hors série que vous avez pu lire et mettant en scène le vice délégué et Nobunaga était prévu dans le scénario de base. Mais ça n'allait pas tenir dans le magazine de prépublication.
Donc on l'a finalement publié dans un numéro ayant pour thème « J'adore mon petit ami ! On fait des trucs légèrement érotiques... ».
Mon responsable éditorial m'a alors suggéré une idée mettant en scène une pomme dans laquelle le vice délégué aurait croqué et qu'il aurait ensuite refilé à Nobunaga.
Et il fallait que tout ça soit « un peu érotique ». Bon, autant vous le dire tout de suite, j'ai rejeté sa proposition. Je ne souhaite pas que Nobunaga commence à être attiré aussi par un autre, hein ! Merci de votre compréhension !
Sinon, j'ai pris beaucoup de plaisir à dessiner l'histoire courte avec Munechika.
Ce que l'on ne sait pas, c'est que s'il porte constamment la cravate, c'est pour dissimuler tous les suçons qu'il a partout sur le corps, le cou, etc.

Allez, je vous donne rendez-vous dans le prochain volume ! Merci pour votre fidélité !

Jun Yuzuki

♡♡ July 21 2008

DEPUIS, LES PETITES PRINCESSES N'OSENT PLUS REMETTRE LES PIEDS AU BAHUT, DONC À LEUR PLACE...

VOILÀ CE QUI ARRIVE QUAND ON OSE SE FROTTER AUX FILLES DE LA CLASSE F... !!!
RHAAAA
HIII...
WHAAAA
ET DEPUIS CE JOUR, PLUS AUCUNE FILLE DE S N'OSA S'APPROCHER D'UNE ÉLÈVE DE CLASSE F...
OUIiiin
TAP
TAP
TAP
L'ARGENT NE FAIT PAS L'INTELLI-GENCE...
À SUIVRE DANS LE VOLUME 6...

GRRR...
GRRR...
RHAAA ! J'AI LA HAINE !
PERDRE CONTRE CES GUEUSES DU PETIT PEUPLE !
J'Y CROIS PAS !
JE N'AI PAS DIT MON DERNIER MOT !
ON TROUVERA BIEN UN MOYEN D'AVOIR NOTRE REVANCHE !
SCRIiiSH
ZUUUS...
VOUS ALLEZ PAYER...

C'EST DE LA PART DE NOUS TOUTES...
TU VAS RETOURNER DANS TON ANCIENNE CLASSE...
MAIS POUR QUE TU N'OUBLIES PAS TES MAÎTRESSES D'ICI...
KLING
DELEGUE
CLAP
CLAP
CLAP
CLAP
JE SAVAIS QUE JE VOUS MANQUERAIS...
VOILÀ POURQUOI J'AI TOUT FAIT POUR POUVOIR REVENIR RAPIDEMENT AUPRÈS DE VOUS...
POF
POF
J'T'AI MANQUÉ ?
HEU...
CELA DIT...
IL PORTE TOUJOURS UN COLLIER DE CLEB'...

TCHUIP
REX
JE...
MIZUTANI, TU...
TU ES DES NÔTRES, DÉSORMAIS...
NOUS NE TE CONSIDÉRONS PLUS COMME LE CHIEN DE LA CLASSE F...
ME... MERCI...

VOUS AVEZ VU ? ON A BIEN JOUÉ, HEIN ?
QU...
HÉ !
SEIKO, TU...
JE CROIS QUE J'AI COMPRIS BEAUCOUP DE CHOSES...
MIZU-TANI !

FIN DU MATCH !
TUUUT
YEAAAH
VICTOIRE DE LA CLASSE F !
BIEN JOUÉ SEIKO !
ON EST LA MEILLEURE ÉQUIPE DU BAHUT !
GRRR...
OKITSU !
MUNECHIKA !

ATTAQUE F !!! F COMME FÉNIX IMMORTEL (ON S'EN FOUT DE L'ORTHO-GRAPHE) !!!!
TDAAAM
PARDON MESDEMOISELLES !!! ON A FAIT CE QU'ON A PUUUU...
AAAARGH

WUUUSH
C'EST DÉGOÛTANT !
LES RÈGLES INTERDISENT L'INTRODUCTION D'AUTRES BALLONS !
WUUUSH
WHAAAA
PAN
FUIIISH
GRRR...
GRRR...
TCHAAAC
YES, ÇA C'EST BIEN JOUÉ !
NON MAIS REGARDEZ-MOI CES CHIFFONNIERS...
LA HONTE...
ALLEZ ! TENEZ BON !
WHAAA !
SEIKO ! À NOUS DE LEUR MONTRER NOTRE TECHNIQUE SECRÈTE !
OUAIS !
TAP

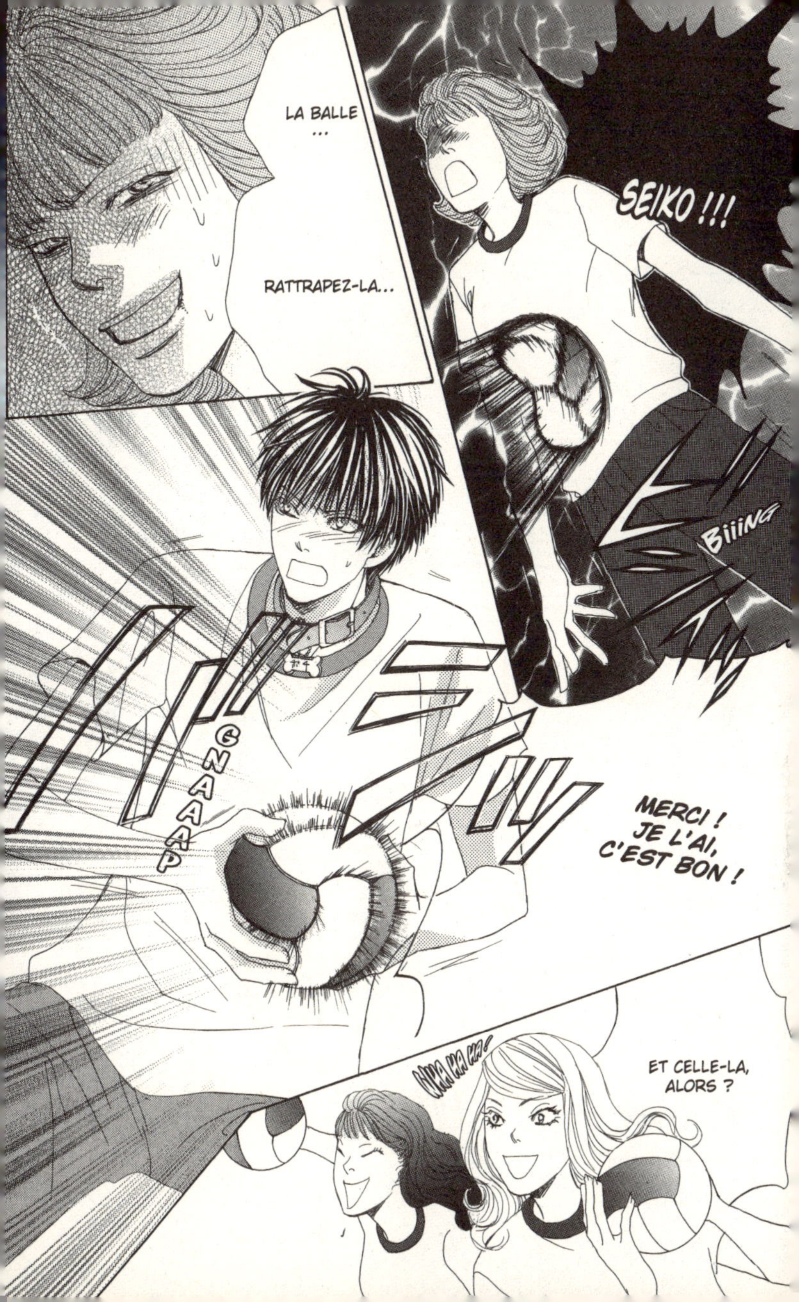
SEIKO !!!
LA BALLE …
RATTRAPEZ-LA…
Biiing
GNAAAAP
MERCI ! JE L'AI, C'EST BON !
ET CELLE-LA, ALORS ?
HA HA HA !

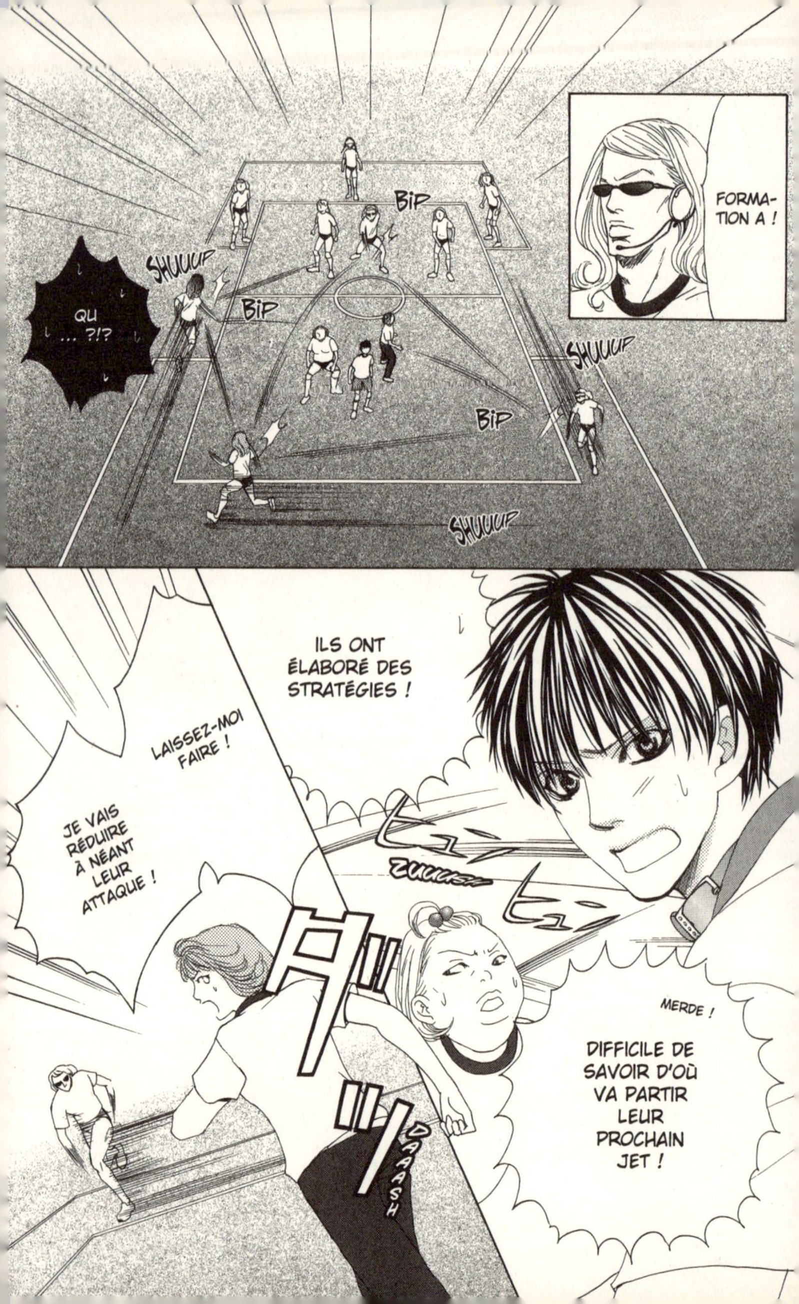
FORMATION A !
BIP
BIP
BIP
SHUUUP
SHUUUP
SHUUUP
QU ... ?!?
ILS ONT ÉLABORÉ DES STRATÉGIES !
ZUUUSH
MERDE !
DIFFICILE DE SAVOIR D'OÙ VA PARTIR LEUR PROCHAIN JET !
LAISSEZ-MOI FAIRE !
JE VAIS RÉDUIRE À NÉANT LEUR ATTAQUE !
DAAAASH

TOUTES CES HEURES À S'ENTRAÎNER DANS LA DOULEUR ?
ON NE PEUT PAS PERDRE !
NOUS SOMMES INVINCIBLES !
SHUUU
BING
ILS N'ONT PAS L'AIR SI BALÈZES !
YES !
TOUCHÉ !
TUUUT

DAAAM
FAUT PAS ABUSER NON PLUS...
ON NE VEUT PAS SE CASSER LES ONGLES...
QU... !
LES GARDES DU CORPS DES PRINCESSES...
HÉ MAIS C'EST PAS DU JEU, ÇA !
CE SONT DES HOM-MES !
QU'EST-CE QUE VOUS FICHEZ EN ARBITRE ?!?
MAIS QU... !
TUUUUT
LA PARITÉ HOMMES FEMMES, C'EST AUSSI POUR LA BALLE AUX PRISON-NIERS !
N'IMPORTE QUOI !
VOUS AVEZ DÉJÀ OUBLIÉ ?!?
JE ME DOUTAIS QU'ELLES TROUVERAIENT UNE FAÇON DE SE DÉFILER !
MERDE !
ON N'A AUCUNE CHANCE DE GAGNER, LÀ !

ZAAASH
JUSQU'AU JOUR DE LA CONFRONTATION FINALE...
QUE LE MATCH COMMENCE !
VS
TUUUUUUT
FUIP
ALLEZ !
QUE L'ÉQUIPE DE LA CLASSE S ENTRE SUR LE TERRAIN !
!?

FUIP
SEIKO ?
ALLEZ, ARRÊTE DE FAIRE TA LOURDE, VOYONS !
ET PUIS...
IL A RAISON ! IL EST TEMPS DE LEUR FAIRE RAVALER LEUR MORVE, À TOUTES CES PISSEUSES DE LA CLASSE S !
ALLEZ !
SEIKO !!!
JEUDI
ILS S'ENTRAÎNÈRENT DUREMENT...
VENDREDI
SAMEDI
BALLE AUX PRISONNIERS
MORT AUX S
DIMANCHE

TU AS PEUT-ÊTRE L'INTENTION DE NOUS EXPLOITER MAIS ÇA NE MARCHERA PAS !
BLA
……
HAAA !
AH OUI, J'AVAIS ZAPPÉ !
QUOI ?
……
CERTES, J'AIMERAIS RETOURNER DANS MA CLASSE…
CELA DIT…
J'AI AUSSI TRÈS ENVIE D'UNIR MES FORCES AUX VÔTRES POUR LEUR DONNER UNE BONNE LEÇON !
REX
ET AUJOURD'HUI, JE N'AI QUE CE PROJET EN TÊTE !

AVOUE QUE TU N'AS QU'UNE ENVIE, C'EST DE PARTICIPER !
WHAAA
DEPUIS LE DÉBUT, JE SAVAIS QUE TU VIENDRAIS.
REX
ALLEZ, VIENS, SEIKO !
C'EST UNE CHANCE !
ON VA LEUR MONTRER, À CES CHIENNES !
JE NE TOMBERAI PAS DANS TON PIÈGE !
HEIN ?
JE SUIS AU COURANT !
JE SAIS QUE TU AS CONCLU UN MARCHÉ AVEC LE RESPONSABLE DES MŒURS POUR RETOURNER DANS TON ANCIENNE CLASSE !

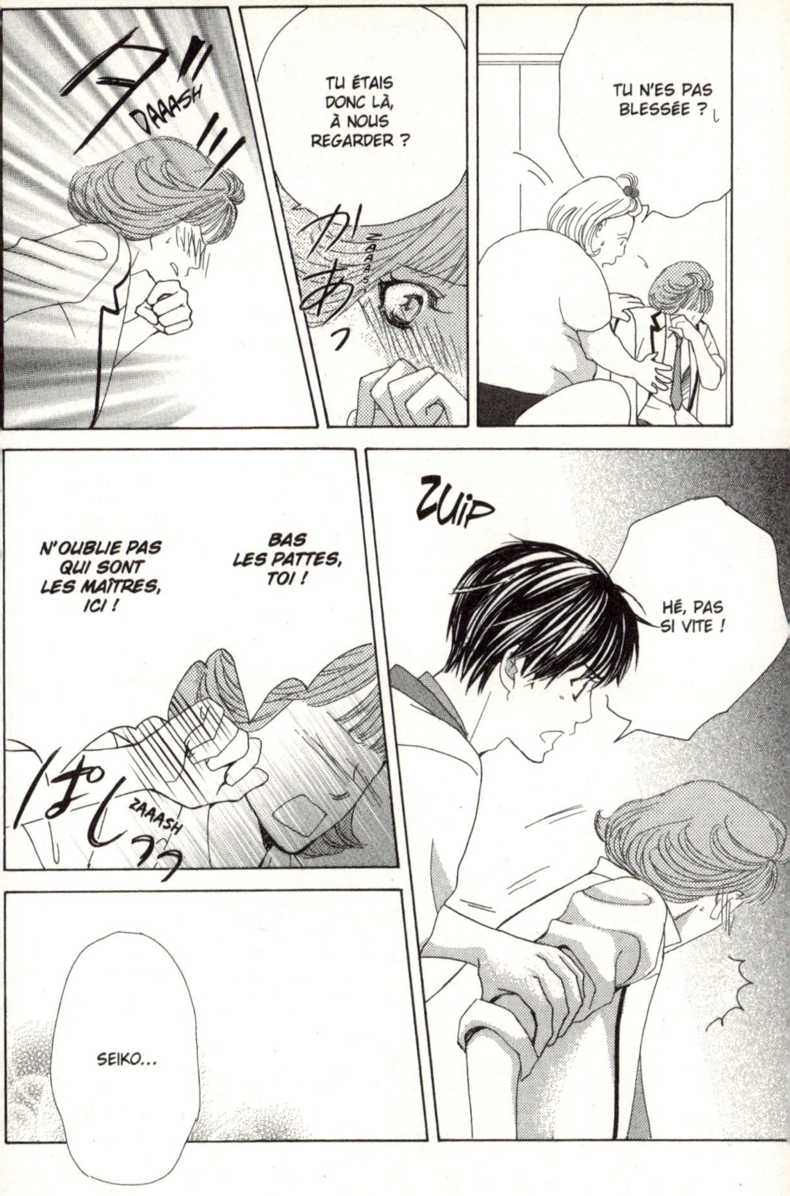
TU N'ES PAS BLESSÉE ?
TU ÉTAIS DONC LÀ, À NOUS REGARDER ?
ZAAAS
DAAASH
ZUIP
HÉ, PAS SI VITE !
BAS LES PATTES, TOI !
N'OUBLIE PAS QUI SONT LES MAÎTRES, ICI !
ZAAASH
SEIKO...

N'AYEZ PAS PEUR DE LA BALLE !
WHAAA
SOYEZ SOUPLES SUR VOS APPUIS !
WHAAA
PFUU ...
C'EST LE CLEB' QUI DONNE LES ORDRES, MAINTENANT ?
ATTENTION !
HAAA...
SEIKO !
VLAAASH
!?

REX !
ON NE PEUT DÉCEMMENT PAS LAISSER L'HONNEUR DE NOTRE CLASSE ENTRE LES PATTES D'UN CHIEN...
ON VA JOUER À LA BABALLE AVEC TOI.
VOUS ÊTES LÀ !

BING
BING
SLAAASH
PFUU ! ÇA FAIT DES HEURES QU'IL S'ENTRAÎNE EN SOLITAIRE...
AVEC LES REBONDS DU MUR...
BING
BING
MOI QUI PENSAIS QUE LUI AUSSI ÉTAIT UN FILS À PAPA DE LA CLASSE S...
IL M'A L'AIR D'AVOIR UN HONNEUR ET LA TÊTE SUR LES ÉPAULES...

SI NOUS GAGNONS, VOUS ACCEPTEZ DE FOUTRE LA PAIX À LA CLASSE F !
OK, MAIS SI C'EST NOUS QUI GAGNONS, TU DEVIENDRAS NOTRE ESCLAVE JUSQU'À LA FIN DES TEMPS...
GRRR...
OK !
J'ATTENDAIS QUE ÇA !
RENDEZ-VOUS DANS UNE SEMAINE !
QUELLE BANDE DE MINABLES...
LES FILLES, ALLONS NOUS ENTRAÎNER !
YEAH !
ON GAGNERA !
BING
GRRR...
DE QUOI J'ME MÊLE, REX !
TU POUVAIS PAS PLUTÔT RESTER TRANQUILLE DANS TA NICHE, BOUFFON ?
MAIS VOUS N'ÊTES PAS FATIGUÉES QUE CES FILLES VOUS TRAITENT COMME DES MOINS QUE RIEN ?
MOI, ÇA ME DÉGOÛTE !
LÀ AU MOINS, ON A UNE CHANCE DE LEUR PROUVER QUE L'ARGENT NE FAIT PAS LA QUALITÉ !
QUE VOUS VENIEZ OU NON, JE ME BATTRAI CONTRE ELLES !

PEUX-TU LE MONTRER OU LE PROUVER ?
SANS PROBLÈME, OUAIS !
PUISQUE C'EST COMME ÇA, JE VOUS DÉFIE !
!?
HAA...
REX, ARRÊTE !
HA HA !
MARCHÉ CONCLU...
ET QUE NOUS PROPOSES-TU ?
UN MATCH DE BALLE AUX PRISON-NIERS !
TADAAAAM
HEIN ?
BAH OUI, LOGIQUE, NON ?
PAS VRAI-MENT !
HA HA HA !
REX

RÉPON-DEZ-LEUR !
QU…
À QUOI BON ? NOUS NE SOMMES QUE LES PAUVRES DE CE BAHUT…
DE LA CLASSE F…
HA HA !
MIZUTANI ! LA CLASSE F TE VA À RAVIR, AUSSI ! TU N'ES QU'UN RATÉ SANS THUNE !
LA SEULE CHOSE QUE NOUS REGRETTONS, C'EST QUE TU N'AIES PAS EMMENÉ CETTE GUEUSE DE BINOCLARDE AVEC TOI…
カッ
VOS GUEULES !
CLASSE S, CLASSE F, QU'EST-CE QU'ON S'EN FOUT !
ENTRE VOUS ET NOUS, IL N'Y A AUCUNE DIFFÉRENCE !
AH OUI ? DONNE-NOUS UN SEUL EXEMPLE DE TA SUPÉRIORITÉ, POUR VOIR ?
J'EN AI !

ENTENDU…
SEIKO…
QUEL SOULAGEMENT ! ♡
HÉ !
J'AI TOUT ENTENDU !
LA PROMENADE DU CLEB', VOUS POUVEZ PAS LA FAIRE VOUS-MÊME ?
POUR QUI VOUS VOUS PRENEZ, VOUS ?
REX, NON !
ARRÊTE !
AAARGH !
ET TOI, POURQUOI TU TE LAISSES FAIRE, HEIN ?
NE LES LAISSE PAS TE MARCHER DESSUS, VOYONS !
EN MÊME TEMPS, JE CROIS QU'ELLE N'A PAS TROP LE CHOIX…
PARCE QUE SI MON PÈRE SE FÂCHE AVEC LE SIEN …
J'AI PEUR QUE SA MINABLE PETITE SOCIÉTÉ NE SOIT OBLIGÉE DE METTRE LA CLÉ SOUS LA PORTE.

QUE ME VOULEZ-VOUS ?
SEIKO ! TU N'AS PAS À ÉCOUTER CES POUFFIASSES !
S'OCCUPER DES CROTTES, NOUS ?
J'AI BESOIN QUE TU FASSES LA PROMENADE ET QUE TU SOIGNES MA PETITE FRANÇOISE (MA CHIENNE DE 2 ANS). ♡
ET PUIS J'AIMERAIS QUE TU PRENNES UNE RÉSERVATION POUR MA PROCHAINE SÉANCE DE MANUCURE. ET CHEZ L'ESTHÉTICIENNE AUSSI. ♡
ON PEUT COMPTER SUR TOI, N'EST-CE PAS ?

QUEL IDIOT.
IL ESSAIE DE JOUER LES GROS DURS...
LES COMPRENDRE DE L'INTÉRIEUR ?
WHAAA !
IL EST PHILOSOPHE, MUNECHIKA...
2classF
ENCORE VOUS ?
QU'EST-CE QUE LES PIMBÊCHES DE LA CLASSE S VIENNENT FAIRE SUR NOTRE TERRITOIRE ?
ON VIENT VOIR...
SEIKO !

LES COMPRENDRE ?
À PLUS !
HA !
MUNECHIKA !
NE PARLE PAS DE MES PROBLÈMES À OKITSU, S'IL TE PLAÎT.
HMM...
SI ELLE APPRENAIT TOUT ÇA, ELLE S'INQUIÉTERAIT ET VIENDRAIT ENCORE À MON SECOURS...
JE DOIS ESSAYER DE M'EN SORTIR TOUT SEUL, CETTE FOIS.

ALLEZ, DU CALME...
JE N'AI JAMAIS DIT QUE CETTE PUNITION SERAIT DÉFINITIVE...
HEIN ?
ZAAACH
CETTE CLASSE F EST PARTICULIÈREMENT DISPERSÉE...
MAIS SI TU PARVIENS À AMÉLIORER LA SITUATION ET À TE FAIRE ACCEPTER DE TOUTES CES FILLES...
ALORS JE T'AUTORISERAI À REVENIR DANS LA S.
HEIN ?
MAIS TU SAIS TRÈS BIEN QUE C'EST MISSION IMPOSSIBLE !
ELLES SONT TOTALEMENT TARÉES, CES NANAS !
MIZUTANI...
TANT QUE TU TE CONTENTERAS DE LES JUGER SUR CE QUE TU VOIS...
... TU NE PARVIENDRAS JAMAIS À LES COMPRENDRE DE L'INTÉRIEUR.

MUNECHIKA !
C'EST AFFREUX ! AFFREUX !
TU M'AS ENVOYÉ EN ENFER ! C'EST PIRE QU'UN EM-PRISONNEMENT À PERPÉTUITÉ !
FAIS-MOI REVENIR DANS LA CLASSE S !
OUIIIIN
ELLE ME MANQUE TANT...
PFUU...
LE CHOC A ÉTÉ RUDE, VISIBLE-MENT...

TRÈS BIEN !
J'ÉTAIS VENUE T'APPORTER ÇA, MAIS PUISQUE JE SUIS DE TROP...
COMME TU M'AVAIS PROMIS DE NE PLUS VIVRE AUX BASQUES DE TOUTES CES FEMMES...
JE PENSAIS QUE TU FINIRAIS PAR AVOIR FAIM...
ADIEU !
TAP TAP TAP
...
MIZUTANI...
ALORS, TU AS PRIS TES AISES DANS LA CLASSE F ?

HAA !
YO !
ZAAASS
ÇA BAIGNE ?
?
FUIP FUIP
J'AI RÊVÉ ?
ALORS ?
ELLE EST COMMENT TA NOUVELLE CLASSE ?
HÉ BIEN ÉCOUTE, JE PASSE PAS MAL DE BON TEMPS...
JE SUIS TRÈS ENTOURÉ.
TU ES VENUE VOIR CAR TU T'INQUIÉTAIS ?
QU...
PAS DU TOUT, NON ?
C'EST QUOI CE COLLIER ?
DAAAAM
NE ME DIS PAS QU'ON T'APPELLE REX ET QU'ON TE TRAITE COMME UN CHIEN ?
HIII...
NO... NON... PAS... DU... TOUT...
C'EST... TRÈS POPULAIRE DANS LA CLASSE F...
FASHION, QUOI...
BAH, QUOI QU'IL EN SOIT, TU N'AS PAS À T'EN FAIRE.
QU..!
NE TE SENS PAS OBLIGÉE DE VENIR ME COUVER !..

YO ! WHAT'S UP ?
HIII...
IL EST PAS DRÔLE !
À LA NICHE !
VA CHERCHER MON SANDWICH !
UNE À LA FOIS...
HUU...
MON POULET !
ET MOI MON COCA !
MON FLAN !
QUELLE MÉMOIRE DE CHIEN !
VRAIMENT CON...
T'ES VRAIMENT QU'UN SALE CLEB' ! TU SERS À RIEN !
NON ! NON !
SVOUPLÉ !
TU SERAS FOUETTÉ !
FAIRE LE BEAU
C'EST TOTO QUI...
PAS DRÔLE !
ZUIP
PFU...
QUEL HUMOUR DE CLEB' !
CUI CUI
TIENS ?
TU ES ENCORE VENU ?
AZUSA
TU N'AS PAS D'AMI ?
UN PEU COMME MOI, QUOI...

LES FILLES, VOUS ÊTES LIBRE D'EN FAIRE CE QUE VOUS VOULEZ.
WHA HA HA
C'ÉTAIT DONC ÇA, LA CLASSE F... !
ILS...
HÉ HÉ !
TU VAS BIEN T'ADAPTER...
JE LE SENS MAL, LÀ...
REX ! AUX PIEDS !
TCHAAAC
HIII !
VIENS NOUS DISTRAIRE PENDANT LA PAUSE !
ET POURQUOI DEVRAIS-JE FAIRE LE BEAU, HEIN ?
GRRR...
ET JE NE M'APPELLE PAS REX !
J'AI UN NOM D'ÊTRE HUMAIN : AZUSA MIZUTANI.
J'AI BIEN ENVIE DE LE RECOIFFER EN CANICHE ...
KLING
CANICHE
WHAAA !
HÉ HO, PAS SI VITE !

QU...
HEU...
N'APPROCHE PAS !
TCHAARC
HEIN ?
HÉ ! MAIS ÇA TE VA COMME UN GANT !
TU ES OFFICIELLEMENT DÉSIGNÉ COMME LE NOUVEAU CHIEN DE LA CLASSE F !
WHA HA HA HA

C'EST DONC TOI, AZUSA MIZUTANI, LE TYPE QUI FAIT BEAUCOUP PARLER DE LUI EN CE MOMENT ?
TU DOIS ÊTRE DRÔLEMENT LOUCHE POUR REDESCENDRE DU GROUPE DES FILS À PAPA DE LA S, JUSQU'À LA CLASSE F, LA PIRE DE TOUT CE BAHUT.
!?
FUIP

QU...
MAIS QUE...
ZUUUSH
KLONG
!!??
STOP !
WHAAAAA
HIII

FUU...
IL M'A BEAUCOUP AIDÉ.
LES NULS.
LES FILLES.
LUI
LES GENS SYMPAS
PARCE QUE FRANCHEMENT, AKAMARU A ÉTÉ UN CHIC TYPE !
2classS
WHAAA !
ZUIP
PLAF
Toi, là-bas !
DAAAM
HUUU...
2classF
PFUUU, IL EST LOURD À LA FIN, LUI !
J'VAIS M'ÉNERVER !
EN PLUS ELLE EST LOIN LA CLASSE F !
CE QUI M'INTRIGUE LE PLUS...
C'ÉTAIT LEUR RÉACTION...
TCHAAAC

YO...
HAA...
SHUUU...
BEAUCOUP DE RUMEURS CIRCULENT AU SUJET D'AKAMARU.
MAIS J'AI LE SENTIMENT QUE BEAUCOUP SONT INFONDÉES !
TAP TAP TAP
ELLE EST FOLLE ?
UNE VRAIE COLLÉGIENNE.
DAAASH

AH !
AKAMARU !
BON...
BONJOUR...

AU FAIT, OÙ EST PASSÉ AKAMARU ?
OMI ! ♡
DEPUIS QUELQUE TEMPS, TU ES DISTANT AVEC NOUS...
ÇA NOUS PEINE... ♡
......
FOUTEZ-MOI LA PAIX, BANDE DE...
...
IL A L'AIR DE SUPER MAUVAISE HUMEUR, SI TU VEUX MON AVIS...
GLOUPS !
AH !

LA LOI EXIGE QU'UN ÉLÈVE QUI FAUTE SOIT ÉVINCÉ DE LA CLASSE S.
SOIS FORT !
HÉ HÉ !
DE TOUTE FAÇON, TU T'ADAPTES PARTOUT, TOI. TU T'EN SORTIRAS DONC À MERVEILLE DANS TON NOUVEL ENVIRONNEMENT.
HIII !
TU VAS ÊTRE TRISTE SANS MOI DANS LA MÊME CLASSE, HEIN ?
OKITSU !
TAP TAP
GRRR...
OK, JE NE CONNAIS PAS LA CLASSE F, MAIS...
À CHAQUE FOIS TU FAIS UNE MONTAGNE POUR DES PACOTILLES !
PSSST...
ÉCOUTE, ESTIME-TOI HEUREUX DE NE PAS AVOIR ÉTÉ MIS À LA PORTE DE CET ÉTABLISSEMENT. CE N'EST QU'UN CHANGEMENT DE CLASSE !
MOI AUSSI J'AI CONNU ÇA.
JE PRÉFÈRE ENCORE PARTIR !
WHAAA...

WHAA !
J'Y CROIS PAS, ILS T'ONT FOUTU DANS LA CLASSE F !
IL EST SÉVÈRE, MUNE-CHIKA...
C'EST UNE SACRÉE PUNITION, ÇA !
QUOI ? ELLE EST SI CHELOU QUE ÇA LA CLASSE F ?
QU.. HEU... TU... NON NON, NE T'EN FAIS PAS !
OUI OUI ! ELLE EST... HEU... NORMALE ! MAIS BON COURAGE QUAND MÊME !
HÉ HÉ !
COURAGE !
DAAAAM
T'AVAIS PAS LA CARRURE POUR ÊTRE EN S !
NORMALE ? CE N'EST ÉVIDEMMENT PAS LE CAS !
ZUIP
BONJOUR MESSIEURS...
QU'IL EST BEAU...
MUNECHIKA !
NON MAIS !
HÉ, T'ES VRAIMENT PAS SYMPA AVEC MOI...
TU ME METS À LA PORTE DE LA CLASSE S ?

# Chapitre 20
# Tale Of Two Classes

Nobunaga, le grand gourou...
Il ne vous en coûtera que 150.000 yens !
Si vous vous inscrivez à mon club, je vous offre le vase des miracles !
Moi ! Moi ! Moi !
10000
10000
Haa !
J'ai pas une thune...
Mori
Ran
Ceux qui gobent tout.
Ceux déjà dépouillés par d'autres...
Ceux qui s'en foutent...
Alors ? Il est magnifique mon vase, hein ? Pour toi, je l'ai rempli de bonbons !
KLING
KLING
Ceux qui s'en foutent, sauf si le vase est rempli.
Ça fait du bruit !

JE T'ÉPLUCHE...
HÉ HÉ !
UNE AUTRE POMME ?
HEU...
NON MERCI...
HÉ HÉ...
LES BOULES !
T'ES SÛR ?
FUIP
VAUT MIEUX PAS LUI CONFIER UNE LAME, À LUI...

ZUIIISH
...!!
BLUUUNG
TCHUIP
OUPS, LE COUTEAU M'A GLISSÉ DES DOIGTS.
HEUREUSEMENT QUE TU AS UN PLÂTRE...

HMM...
J'AURAIS BIEN AIMÉ VOIR LE SI BEAU VISAGE D'AKAMARU DÉCONFIT...
HA HA HA !
MAIS ÇA S'EST RETOURNÉ CONTRE MOI, ON DIRAIT...
MAIS...
EN FAIT...
TCHAP
CE DONT JE RÊVE LE PLUS...
C'EST DE TE VOIR, ONITSUKA ET TOI, EN TRAIN DE PLEURER...

TU AS L'AIR DE TE PORTER COMME UN CHARME.
COMMENT VA TA BLESSURE ?
OH, J'ADORE LES FLANS, MERCI !
L'OS ÉTAIT NETTEMENT SECTIONNÉ, DONC IL A ÉTÉ AISÉ DE LE REPOSITIONNER.
TU PEUX M'ÉPLUCHER UNE POMME, S'IL TE PLAÎT ?
'EST BON VEC LE FLAN.
NOBU...
TA PETITE BLAGUE A ÉTÉ TROP LOIN...
TU DOIS EN AVOIR CONSCIENCE...
JE NE SAIS PAS SI JE POURRAIS ENCORE TE COUVRIR LA PROCHAINE FOIS.

# Chapitre hors série
# Une chambre en fin de journée...

DIRECTION POUBELLE.

TU PIGES JAMAIS RIEN...

ID...
IDIOT !
ET PUIS...
SI TU CROIS QUE J'AI BESOIN DE TOI POUR ME PROTÉGER, TU TE FOURRES LE DOIGT DANS L'ŒIL !
NE ME PIQUE PAS MES RÉPLIQUES !
HA HA HA !

TU PEUX COMPTER SUR MOI POUR TE PROTÉGER...
JUSQU'À CE QUE TU TROUVES ENFIN UN GARÇON À QUI CONFIER TON CŒUR.

OKITSU ! TU M'ATTENDAIS ?
QU'EST-CE QUE TU FICHAIS ?
TU FAISAIS QUOI ?
ON M'A PASSÉ UN SACRÉ SAVON...
POURQUOI N'AS-TU PAS TES TICKETS GRATUITS DE CANTINE ?
? ?
ALLEZ, ON Y VA !
OKITSU. IL N'EXISTE AUCUN ÉQUIVALENT DANS TOUT L'UNIVERS !
OKITSU...
HIII...

DU CALME, AKAMARU !
RESTE ICI !
MUNICHIKA, ATTENDS !
HÉ HÉ !
OUF, LA SITUATION SE CALME...
OKITSU, C'EST PAS JUSTE ! AIDE-MOI !
QUE... MAIS ! MAIS CE SONT MES LUNETTES !
NON, ELLES SONT À MOI !
JE LES AI TROUVÉES !
PAR ICI, TOI !
JE T'AI TROUVÉ !
ZUIP
ZUIP
ZUIP
AU SECOUUURS !
CE N'EST PLUS MON PROBLÈME...
MES LUNETTES !

ON T'ANNONCERA TA SANCTION DANS QUELQUES JOURS.
FUUU...
QUOI ?
JE VAIS ENCORE ÊTRE PUNI ?
EN ATTENDANT, VA TE FAIRE SOIGNER.
LE CHÂTIMENT QUE TU VIENS DE SUBIR RELEVAIT DU CAPRICE DE NOBUNAGA.
MAIS QUELQUE PART, TU ES AUSSI RESPONSABLE DE TOUS LES INCIDENTS D'AUJOURD'HUI. C'EST DONC NORMAL QUE TU PAIES.
MAIIIIS...
AKAMARU !
TCHIC
MONTRE-MOI LES COUPS QUI T'ONT ÉTÉ PORTÉS AU VISAGE.
PFUU...

HÉ BIEN, MA PAUVRE OKITSU...
NE SERAIT-IL PAS MIEUX QUE TU AILLES TE FAIRE EXAMINER À L'HÔPITAL ?
AH !
NON...
ÇA IRA... TOUT VA BIEN.
BAH SI, VAS-Y ! C'EST LUI QUI PAYE !
C'EST PLUTÔT À TOI DE TE FAIRE AUSCULTER PAR UN MÉDECIN !
MOI ? TU PARLES, C'EST TROIS FOIS RIEN, ÇA...
J'Y CROIS PAS...
QU... AÏE !!!
N'IMPORTE QUOI...
AÏE !
OUILLE !
PLOP
T'AS VRAIMENT AUCUNE CONSCIENCE DES RÉALITÉS, TOI...
TU SERAIS MORT S'IL AVAIT TRANCHÉ LES CAROTIDES ...
LES CARO QUOI ? LES CAROTTES ?

TU POURRAIS ÊTRE PLUS DÉLICAT AVEC MOI, CONNARD !
JE SUIS SENSIBLE !
J'AI DU MAL À COMPRENDRE, LÀ…
QUEL MEC CHELOU…
MOI AUSSI.
IL DEVRAIT ÊTRE RENVOYÉ DE L'ÉCOLE AU MOINS UNE SEMAINE.
HAAA…
IL NE T'A PAS NIQUÉ, ALORS ?
MAIS NON, VOYONS !
RISE !
COMME JE SUIS HEUREUSE QUE TU AILLES BIEN !
ONODERA ! TOI AUSSI TU VAS BIEN ?
MOI PAS TANT QUE ÇA.

ON VOUS TIENDRA AU COURANT POUR SA PUNITION...
À TROP JOUER AVEC LE FEU, TU AS FINI PAR TE BRÛLER !
TU VAS POUVOIR MARCHER JUSQU'À LA VOITURE ?
AÏE...

IL MENT !
IL A AGRESSÉ PHYSIQUEMENT OKITSU !
HMM ?
FUIP
HAA...
JE N'AI PAS ÉTÉ JUSQU'AU BOUT.
ELLE BOUGEAIT BEAUCOUP TROP, EN PLUS.
JE VEUX BIEN SUBIR UN CHÂTIMENT POUR ÇA...
OUAIS, ÇA ME VA...
LA FERME !

OH ! LE VICE DÉLÉGUÉ !
VOUS FAITES ERREUR. NOUS SOMMES RESTÉS ENSEMBLE TOUTE LA JOURNÉE !
J'AI UN ALIBI ! ON JOUAIT AUX ÉCHECS !
N'EST-CE PAS ?

AS-TU CONSCIENCE DU NOMBRE DE PERSONNES QUE TU AS TRAHIES...
... JUSTE POUR TON PETIT PLAISIR PERSONNEL ?
JE VAIS VOUS PROUVER QU'IL N'A RIEN À VOIR AVEC ÇA !
TCHAP

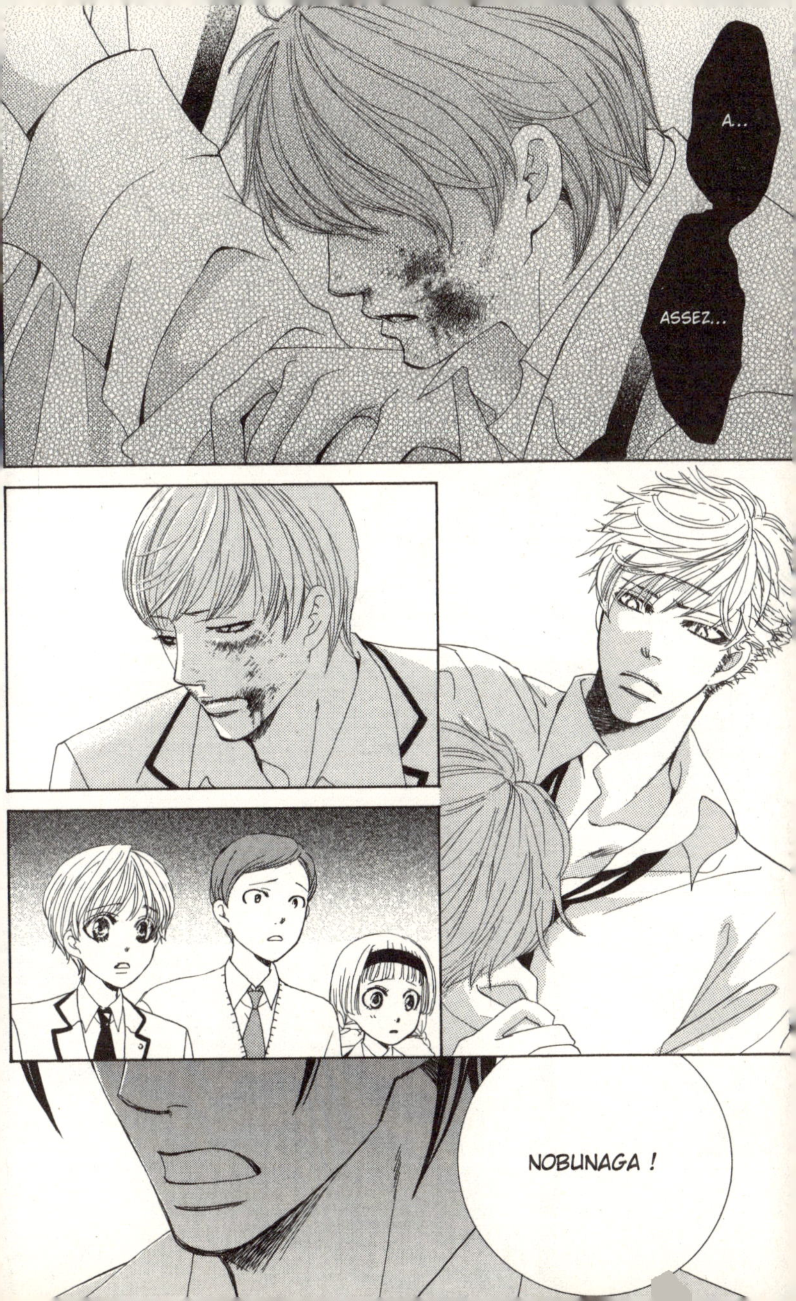
A...
ASSEZ...
NOBUNAGA !

GNAAASH
VOUS SAVEZ, DANS LA VIE, IL N'Y A QU'AKAMARU QUI M'INTÉRESSE...
GNAAAP

JE NE LES CONNAIS MÊME PAS...
QUI SONT CES DEUX LAIDERONS, LÀ ?
ZAAAAM

HÉ BIEN, TU EN AS MIS DU TEMPS !
LES FILLES QUI ONT VOLÉ LES PHOTOS DE MIZUTANI ET LES ONT PLACARDÉES PARTOUT...
ELLES T'ONT DÉNONCÉ, NOBUNAGA. C'EST TOI QUI AS DONNÉ TOUS LES ORDRES...
TU NE POURRAS PAS LE NIER, N'EST-CE PAS ?
DÉSOLÉ MAIS...
JE NE VOIS PAS DU TOUT DE QUOI TU PARLES...
POF
AKAMA-RU...
NOBUNAGA, C'EST TOI QUI AS ORDONNÉ À CES DEUX GARÇONS DE SERVIR DE BOURREAUX POUR EXCITER LES FILLES...
SEIGNEUR NOBUNAGA ...

カツン
TCHAK
HÉ BIEN, ON PEUT DIRE QU'ON TE RETROUVE DANS UN SALE ÉTAT, NOBUNAGA...
MUNECHIKA ...
C'EST TOI QUI ES RESPONSABLE DE TOUS CES INCIDENTS, N'EST-CE PAS ?

ET JE VEUX
BIEN RESTER
À SES CÔTÉS...

DÉSO-LÉ...
JE SUIS DÉSOLÉ...
PAR MA FAUTE, TU...
PARDON...
GNAP
S'IL EST PRÊT À CROIRE EN MOI...
ALORS JE VEUX BIEN TIRER UN TRAIT SUR SON PASSÉ...

EN CRIANT CES MOTS DE LA SORTE, TU M'AS FAIT ROUGIR..
IDIOT...
OKITSU...

ÇA SUFFIT...
C'EST FINI...

CRAAACK
HÉ...
ARRÊ...

ET CONTRAIREMENT À CE QUE TU CROIS, ELLE EST SINCÈRE !
OKITSU, C'EST UN VRAI MIRACLE POUR CE PUTAIN DE BAHUT !
IL N'EXISTE AUCUN ÉQUIVALENT DANS TOUT L'UNIVERS !

COMPARÉ À LA DOULEUR QUE TU AS INFLIGÉE À OKITSU...
HUU...
TON BRAS CASSÉ, C'EST DU PIPI DE CHAT !
ET TU NE SAIS RIEN À SON SUJET !
CE N'EST PAS LA FILLE QUE TU CROIS. POUR L'AVOIR SUFFISAMMENT CÔTOYÉE, JE PENSE SAVOIR DE QUOI JE PARLE !

CRAAACK
...!!
あ
AAAARGH
PUTAIN ! MAIS TU M'AS PÉTÉ LE BRAS !!!

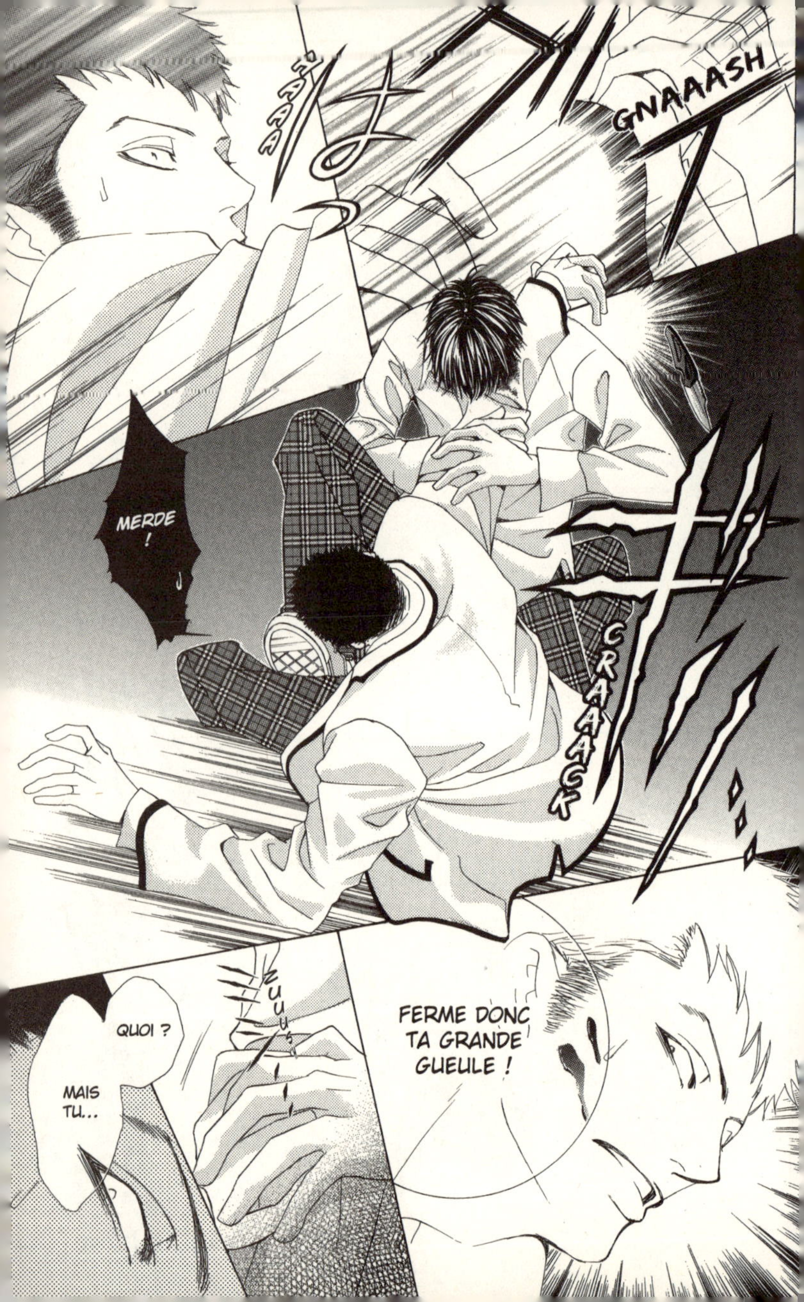
GNAAAASH
MERDE !
CRAAAAGK
FERME DONC TA GRANDE GUEULE !
ZUUUS
QUOI ?
MAIS TU...

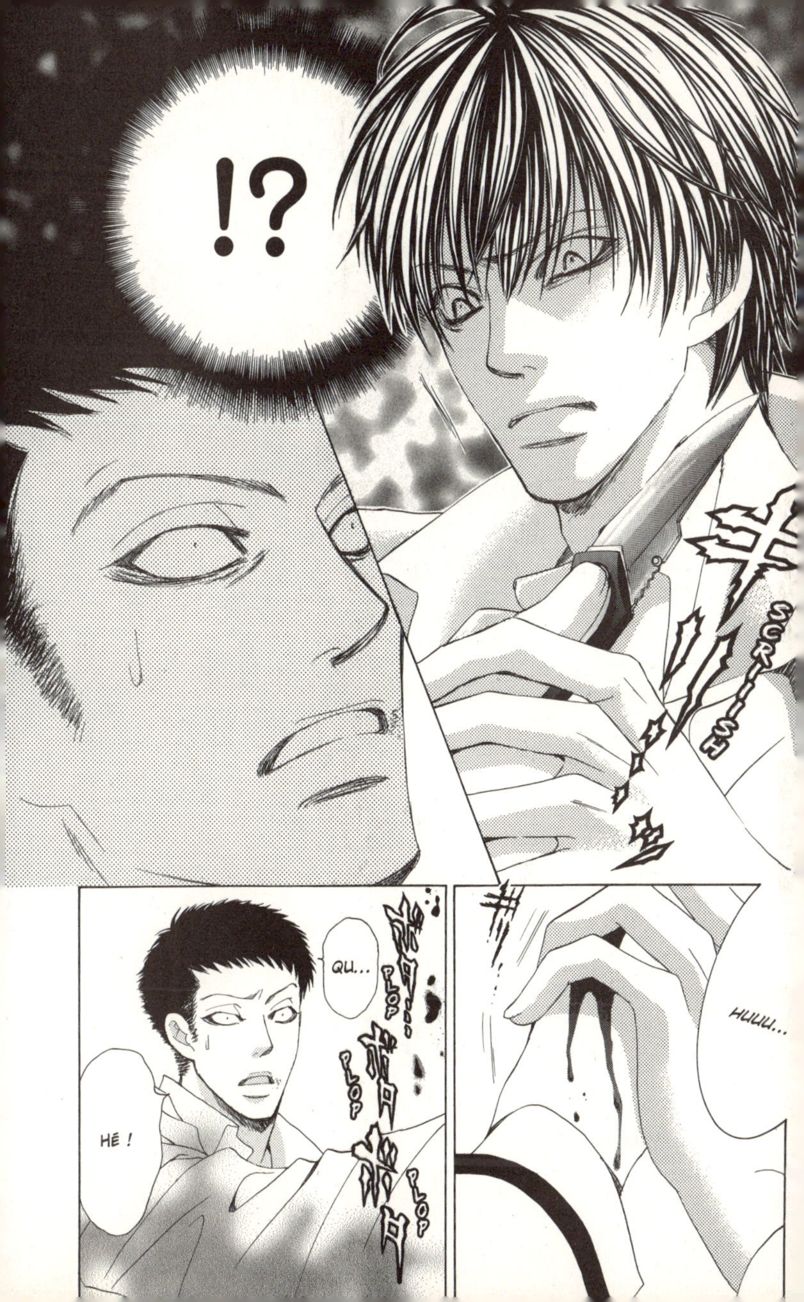
!?
SCRITCH
HUUU...
QU...
PLOP
PLOP
PLOP
HÉ !

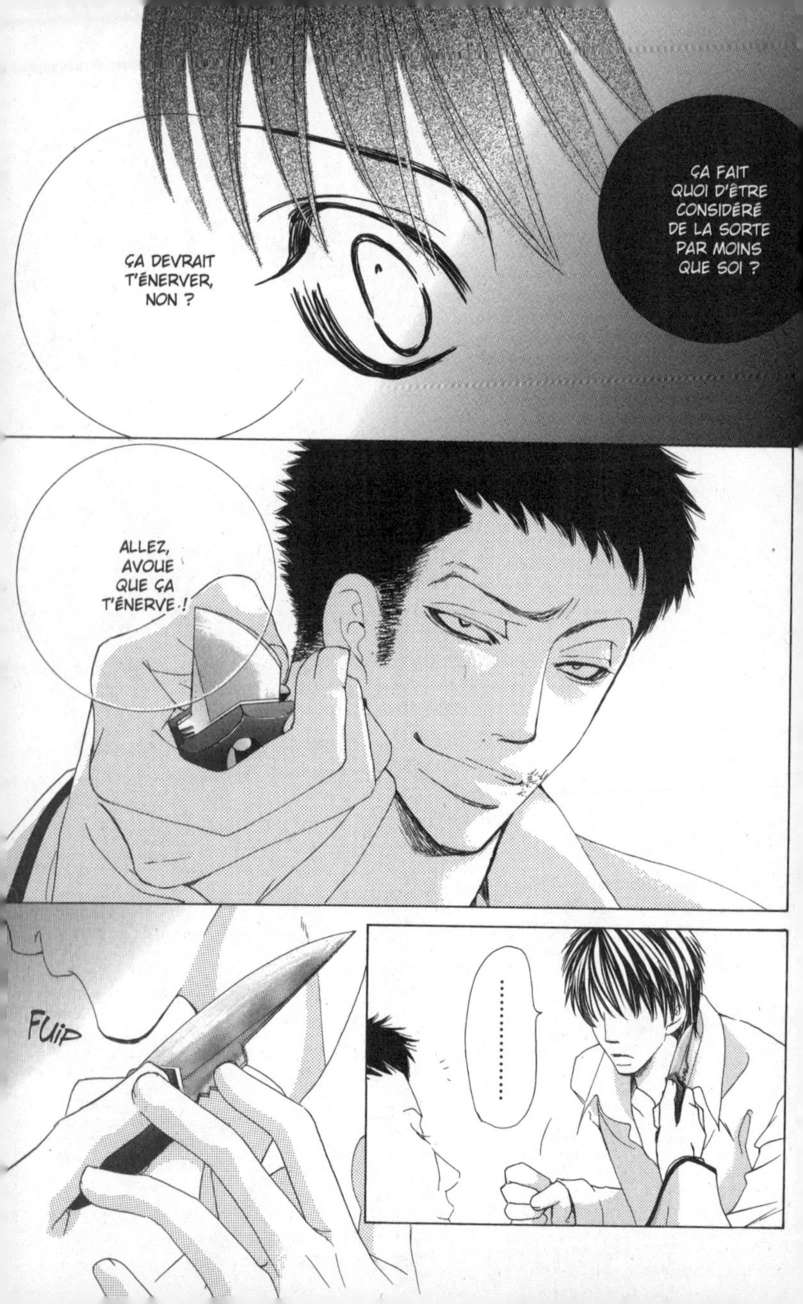
ÇA FAIT QUOI D'ÊTRE CONSIDÉRÉ DE LA SORTE PAR MOINS QUE SOI ?
ÇA DEVRAIT T'ÉNERVER, NON ?
ALLEZ, AVOUE QUE ÇA T'ÉNERVE !
........
FLIP

ZU-P
MON P'TIT AZUSA !
ALLEZ, NE DEVIENS PAS HYSTÉRIQUE COMME N'IMPORTE QUELLE BONNE FEMME !
ÇA TE FERAIT QUOI D'APPRENDRE QUE CETTE FILLE RESTE AVEC TOI JUSTE PAR PITIÉ ?
PARCE QUE T'ES UN POISSEUX...
ET QUE SEUL, TU FINIRAIS PAS CREVER COMME UNE MERDE...

TU NE SAIS RIEN... DE SEIGNEUR NOBUNAGA...
IL M'A TENDU LA MAIN, ALORS QUE JE N'ÉTAIS QU'UNE MISÉRABLE POURRITURE...
C'EST LE SEUL QUI A SU ME RENDRE MA FIERTÉ ET MON HONNEUR..
"OUBLIE TOUT TON PASSÉ ET SUIS-MOI !"
PERSONNE N'A LE DROIT DE DIRE DU MAL DE LUI...

GNAAASH
TU N'IRAS PAS...
POURQUOI TIENS-TU TANT À COUVRIR CE TYPE, HEIN ?
JE NE TE LAISSERAI PAS FAIRE...
CE N'EST QU'UN MINABLE !

HMM..
FUIP
AKA... MARU ?
OKITSU !
OÙ SUIS-JE ?
MAIS QUE...
HAAA !
OÙ EST MIZUTANI ?
OKITSU !

DÉSOLÉ...
MAIS ON DIRAIT QUE J'AI CONSOMMÉ RISE AVANT TOI...
AARGH !
GNAAAS
ELLE ÉTAIT TROP MIGNONNE, À TREMBLER COMME UNE FEUILLE...
ESPÈCE DE...
ZAAASH

SI TU VEUX ME PASSER DESSUS...
SACHE QUE JE PRÉFÉRERAIS QUE TU TE DÉGUISES D'ABORD EN FEMME...
MON P'TIT AZUSA D'AMOUR... ♡
GNAAA!
KLONG

KLONG
ZAAASH
ARGH !
CES DEUX IDIOTS N'ONT PAS RÉUSSI À LE RETENIR OU QUOI ?
JE SAVAIS QU'ILS ÉTAIENT TROP FAIBLES...
TU VAS VOIR... !

BING

HÉ, LE BOUCLÉ...
RESTE ENCORE UN PEU À SES CÔTÉS...
DAAASH
MIZUTANI !

MON VISAGE ...
MON SI JOLI VISAGE !

FLIP
FLIP
HUU...

OUPS !
LA DÉLÉGUÉE DES ÉLÈVES !
TCHAAAP

DITES LES FILLES ! AUCUNE TRACE D'AZUSA DEPUIS UN BAIL !
LA FIN DE LA JOURNÉE APPROCHE.
C'EST HONTEUX !
J'PARIE QUE C'EST ENCORE LA CLASSE S QUI SE LE RÉSERVE !
QUOI ?!?
わあっっ
RHAAA
NAN, ON A RIEN FAIT, NOUS !
AÏE
WHAA !
DÉGAGEZ, CLASSES DE BOUSEUSES !
BOUF-FONE !
ET QUI NOUS PROUVE QUE C'EST PAS VOUS QUI LE MAINTENEZ EN OTAGE POUR PLUS TARD ?
MAIS NON !
PRENDS ÇA !
ET VOUS, ALLEZ EN ENFER, SALES BOURGES DE LA CLASSE S !
TAC
Chapitre 19
I Stand By you...

La « Munechi...car... ! » (jeu de mots foireux)

宗 ← J'ai hésité à mettre le Kanji de son nom dans le macaron.

J'ai opté pour le moins compliqué.

JE N'AI PAS TROUVÉ ONITSUKA...
AH... TU ES DONC PARTI POUR RIEN, EN GROS...
ICI, C'ÉTAIT CHAUD !
OUI...

IIISH
TCHAAC
VUIIIP
カッ
WHAAAA!

JE VAIS TE BUTER !!!

OKITSU !
ESPÈCE DE...
HA !
IL EST ÉNORME !
HÉ BIEN MON PAUVRE !
JE SUIS DE TOUT CŒUR AVEC TOI !
ESPÈCE DE...
ESPÈCE DE...

GNAAASH
ZUIIIP
TOI, TU NE BOUGES PLUS !

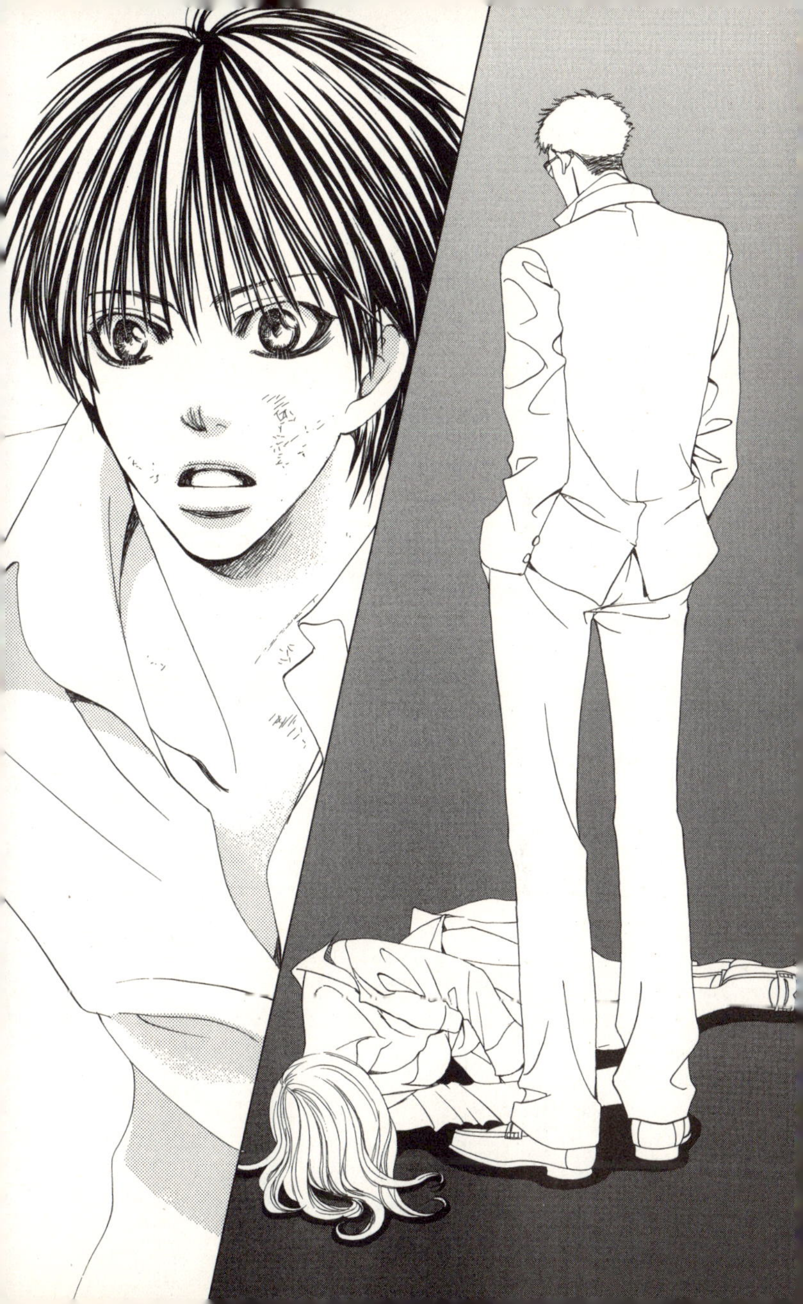

TCHAAAP

KLONG
パキッ
CRAAAK
ガターン
VLAAANG
HAAA...
OKITSU...
ズル
FLAP

ÇA ME FAIT CRAQUER...
J'ADORE QUAND TU ME REGARDES AVEC CES YEUX-LÀ...
HÉ, MACHIN !
LE VOILÀ !
FLUU...
EXPLIQUE-MOI CE QUI SE PASSE, LÀ !
LA POIGNÉE EST FOUTUE...
FAUT DIRE QUE TU Y VAS COMME UN SAUVAGE POUR OUVRIR LES PORTES, TOI !
QUEL CRÉTIN, SÉRIEUX !
LAISSE-MOI FAIRE !
PRÊT ?
KLAAAP

TIENS ?
NE ME DIS PAS QUE TU ES... ENCORE VIERGE !
TU TOURNICOTES AUTOUR DE DEUX TYPES QUI NE T'ONT ENCORE RIEN FAIT ? AMUSANT...
GNAAAASH
SLURP
QU...
DÉSOLÉ SI JE TE CASSE AVANT EUX...
S'IL TE PLAÎT...
ARRÊTE ...

IL FAUT SAVOIR ACQUÉRIR PAR SOI-MÊME CE QUI NE VIENT PAS À NOUS NATURELLEMENT...
ZUIIISH
HIII !

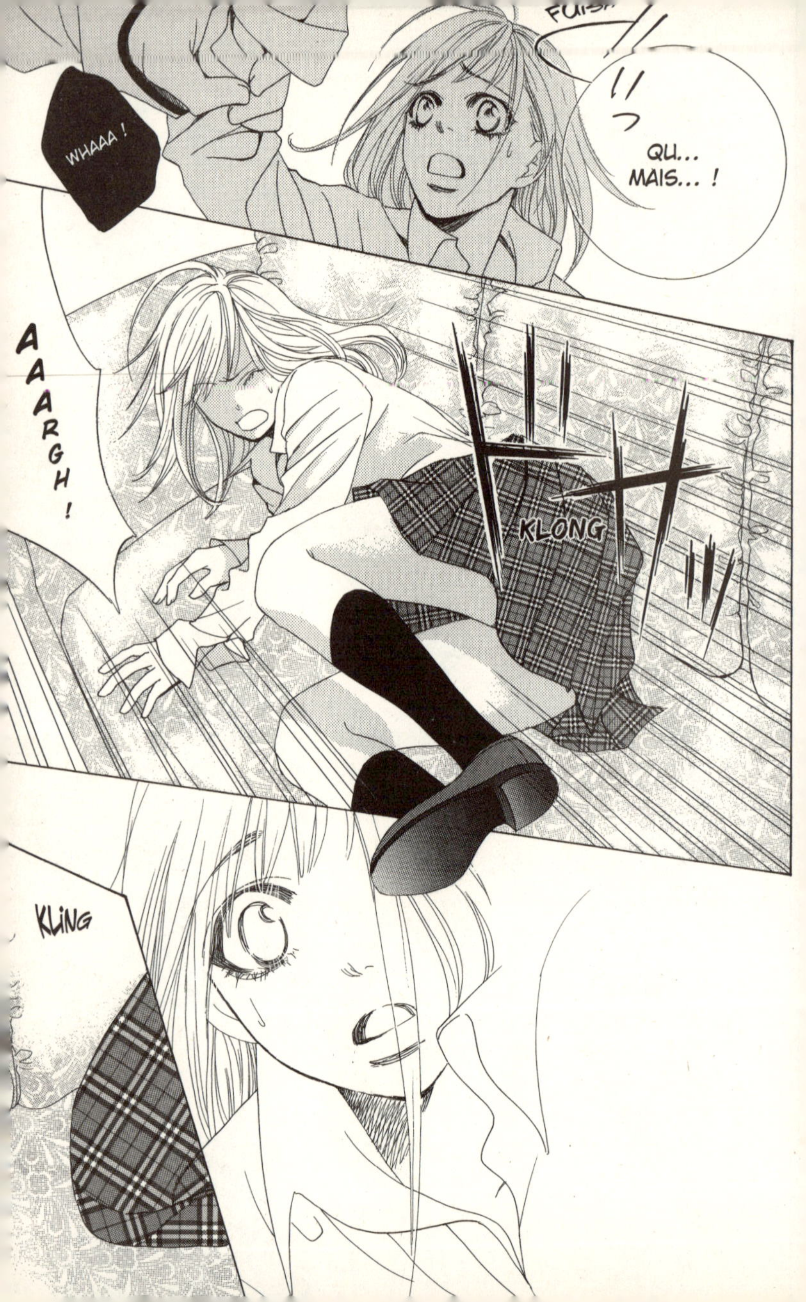
QU... MAIS... !
WHAAA !
KLONG
AAAARGH !
KLING

TU...
TU SAIS QUE TU COMMENCES VRAIMENT À ME LES BRISER ?

......
JE...
JE SUIS DÉSOLÉE...
JE...
JE TE SUIS TRÈS RECONNAISSANTE POUR TA GENTILLESSE MAIS...
PFU !
MA PRIORITÉ ACTUELLE EST DE PORTER SECOURS À MIZUTANI.

OKITSU...
ZAAAM
NON !

JE SUIS À TES CÔTÉS.
ET JE SAIS QUE TU AS BESOIN DE MOI, RISE...
GNAAAP

CESSE DONC DE TOUJOURS JOUER LES GENTILLES FILLES !
TU COMPRENDS ?
TA CARAPACE...
FAIS-LA EXPLOSER !
IL NE FAUT PAS AVOIR PEUR DU CHANGEMENT. SURTOUT QUAND IL S'AGIT DE SOI-MÊME.

PAAAF
NE FAIS PAS CETTE TÊTE-LÀ, VOYONS...
RISE...

SI TU AVAIS EU L'INTELLIGENCE DE TE PLIER AUX ORDRES DU SEIGNEUR NOBUNAGA...
TU NE SERAIS PAS TOMBÉ DANS LE PRÉCIPICE QUI EST LE TIEN AUJOURD'HUI !
ZAAAAM

ALLEZ !
MOI, JE VAIS T'APPRENDRE...
CE QU'EST UN VRAI GNON DANS LA GUEULE !
CRIIICK
CRIIICK
TAP
TAP
TAP
KLAAASH

LÂCHE-MOI !
TCHAC
KLONG
GRRR
BOUFFON, TU CROYAIS VRAIMENT POUVOIR ME FAIRE MAL ?
HÉ HÉ !
AVEC TON POING EN GUIMAUVE ? MAUVIETTE, VA !

AKAMARUUU !
C'EST HORRIBLE !
J'AI VU RISE OKITSU FRICOTER AVEC NOBUNAGA DANS LA SALLE DU CONSEIL DES ÉLÈVES !
JE VOUS L'AVAIS DIT, CETTE FILLE SUCE TOUT CE QUI BOUGE !
NIARK
NIARK
PFUU !
QUOI ?
QUE DIS-TU, MORPION ?
HÉ, OÙ COURS-TU COMME ÇA ?
LAISSEZ TOMBER CETTE FILLE !
ELLE VOUS RUINE LA SANTÉ !
KLANG

DAAAM
OÙ EST VOTRE BOSS ?
OÙ EST NOBUNAGA ?
!?
DÉSOLÉ, MAIS NOBUNAGA EST UN NOM QUI NE ME DIT ABSOLUMENT RIEN...

BOUFFONS...
C'EST BON, VOUS POUVEZ DISPOSER...
IL EST ENCORE DEBOUT, LUI ?
ON L'A BIEN BOURRÉ, POURTANT !
HEIN ?
IL AURAIT FALLU LUI METTRE UNE DOSE DE CHEVAL, NON ?
QUOI ?!?
RÉPÈTE ?
RISE OKITSU N'EST PAS AVEC TOI ?!?
ELLE EST POURTANT PARTIE TE REJOINDRE !
HEIN ?
AUCUNE TRACE D'ELLE, NON !
HAAA...

GNAAASH
MIZUTANI !
AKAMARU !

SI VOUS OSEZ VOUS METTRE EN TRAVERS DE NOTRE CHEMIN, NOUS SERONS OBLIGÉS DE VOUS CORRIGER...
AH OUAIS ? HÉ BIEN NOUS AUSSI !
JE LES HAIS, JE LES HAIS !
DU CALME, IKU...
FUIP
SLUUUSH

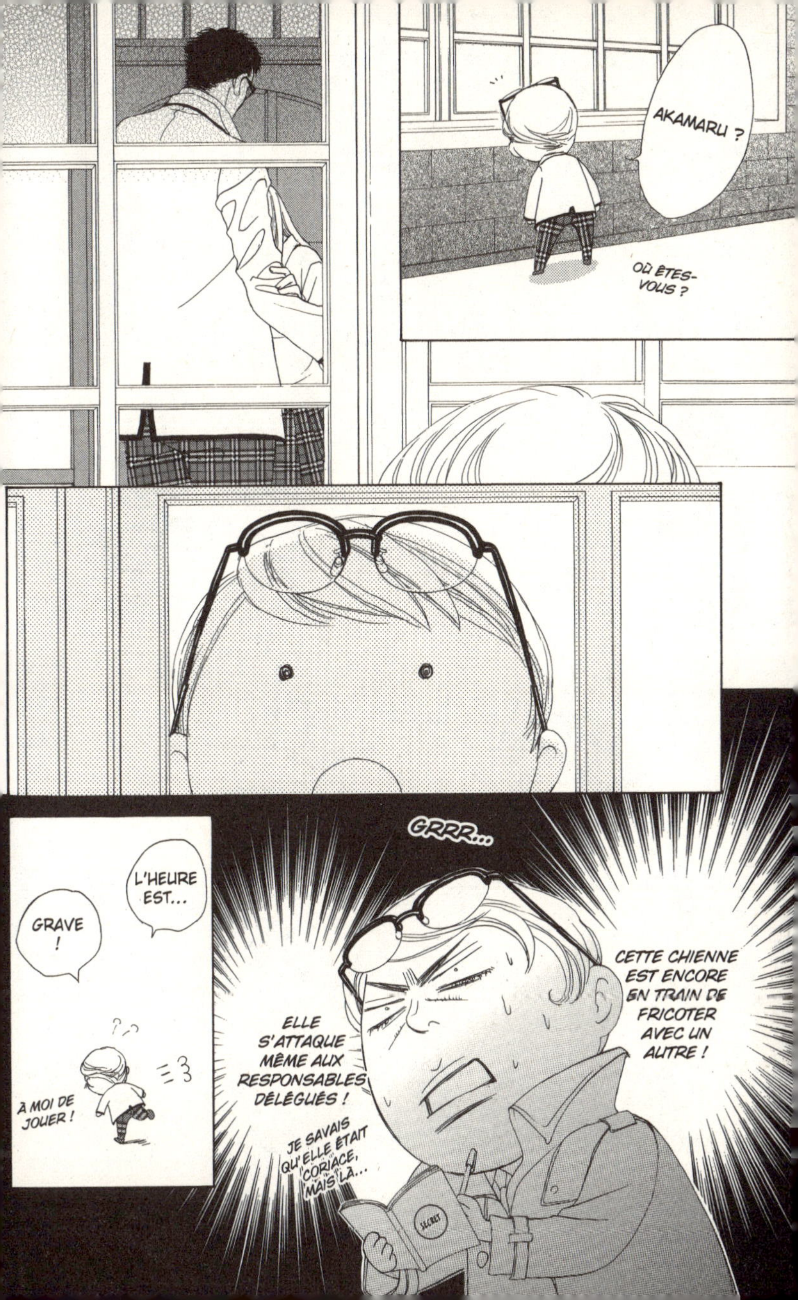
AKAMARU ?
OÙ ÊTES-VOUS ?
GRRR...
CETTE CHIENNE EST ENCORE EN TRAIN DE FRICOTER AVEC UN AUTRE !
ELLE S'ATTAQUE MÊME AUX RESPONSABLES DÉLÉGUÉS !
JE SAVAIS QU'ELLE ÉTAIT "CORIACE", MAIS LÀ...
L'HEURE EST...
GRAVE !
À MOI DE JOUER !

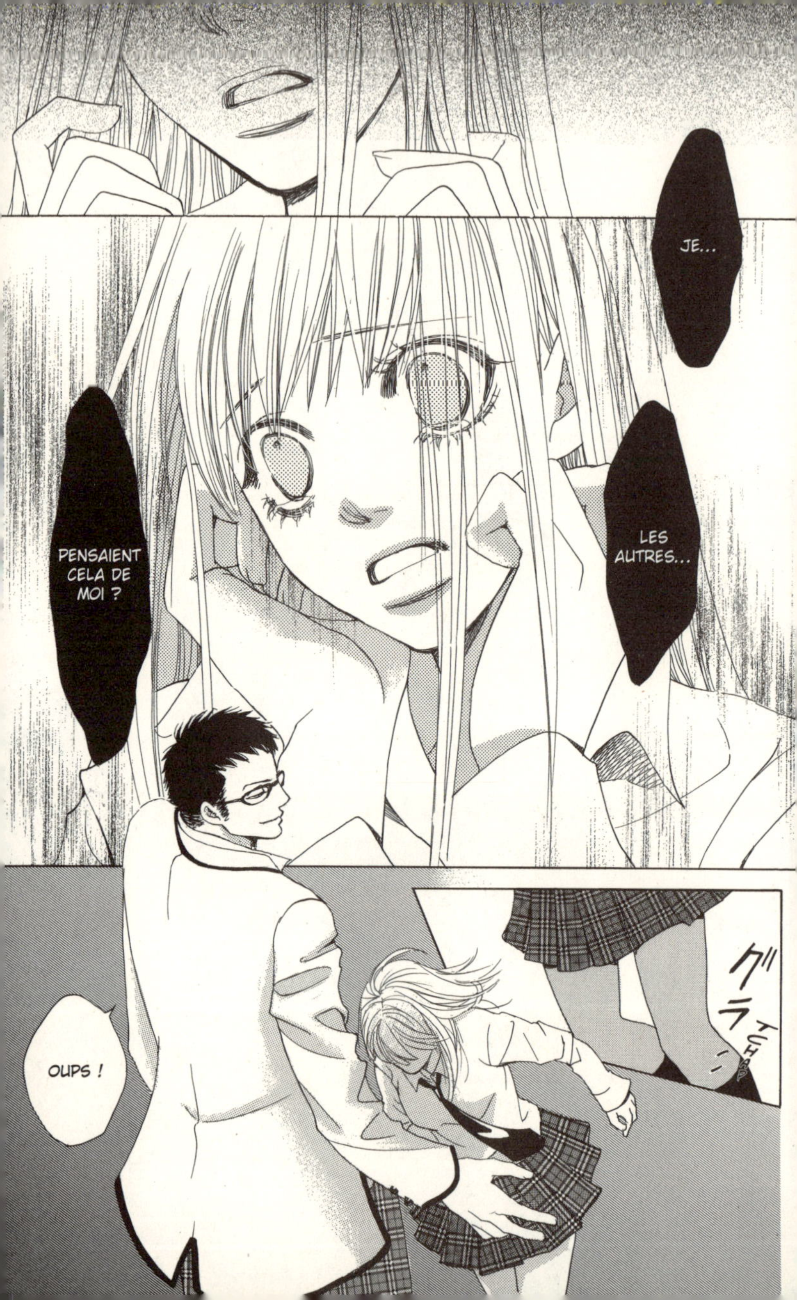
JE…
LES AUTRES…
PENSAIENT CELA DE MOI ?
グラ
TCHAP
OUPS !

TU NE PENSES QU'À TE METTRE EN VALEUR PAR RAPPORT AUX AUTRES !
TU SAIS TRÈS BIEN POURQUOI TU ES DEVENUE LE SOUFFRE-DOULEUR DE LA CLASSE !
T'ES QU'UNE FAYOTE, RISE !
DANS CE CAS, AUTANT ME FAIRE PASSER POUR SA COPINE...
TU T'ES AUSSI SERVI D'AZUSA DANS TON INTÉRÊT !
JE...

IL EST VRAI QUE LES NANAS DANS TON GENRE, ICI, ÇA PASSE PAS INAPERÇU...
"TU TE CROIS VRAIMENT SUPÉRIEURE AUX AUTRES ?"
C'EST CE QU'ON TE REPROCHE, NON ?
JE...
JE NE SUIS PAS CELLE QUE TOUT LE MONDE CROIT !
"TU NE CHERCHES PAS À T'INTÉGRER AVEC LE RESTE DE LA COMMUNAUTÉ..."
NON ?
EN FAIT, TU VEUX JUSTE TE FAIRE PASSER POUR LA GENTILLE PETITE FILLE !

TOI NON PLUS, RISE...
TU N'AS JAMAIS EU D'AMIES ICI, N'EST-CE PAS ?
ZAAAM

SÉRIEUX ?
ET TOI, HEIN ? QUE SAIS-TU DE MIZUTANI, AU JUSTE ?
TU N'AS MÊME PAS IDÉE DE CE QU'IL VIT AU QUOTIDIEN !
IL A VRAIMENT BESOIN D'AIDE ET ÇA, PERSONNE NE VEUT LE VOIR !
AUCUNE FILLE N'EST DIGNE DE CONFIANCE DANS CE LYCÉE DE FOUS !
IL N'A QUE MOI ICI ! QUE MOI !

TU CROIS VRAIMENT QU'IL TE RACONTE TOUTE LA VÉRITÉ ?
HEIN ?
NE CROIS-TU PAS QU'IL SE SERT JUSTE DE TOI ?
GNAAAP
NON SEULEMENT TU LE PROTÈGES QUAND IL EN A BESOIN MAIS EN PLUS, TU COURS ENCORE À SA RESCOUSSE...
POUR LUI, TU ES LE PANTIN IDÉAL !
POUR ÇA, JE SUIS DÉJÀ AU COURANT !
C'EST MOI QUI L'AI AUTORISÉ À M'UTILISER À SA GUISE !

C'EST PARCE QUE...
IL N'A PARFOIS PAS LE CHOIX POUR SURVIVRE ...
ET TU L'ACCEPTES ?
CELA EXCUSE TOUT ?
SACRÉE RISE...
TA TOLÉRANCE EST BOULE-VERSANTE...
OÙ VEUX-TU EN VENIR À LA FIN ?

......
FAIS-MOI SORTIR D'ICI !
MIZUTANI A BESOIN D'AIDE !
MAIS DIS-MOI D'ABORD...
POURQUOI N'ES-TU PAS PLUS FÂCHÉE À SON ENCONTRE ?
IL T'A POURTANT TRAHI, NON ?
IL S'EST FAIT PIÉGER !
QUELQU'UN VOULAIT LUI FAIRE DU MAL EN PRENANT CETTE PHOTO !
CERTES, MAIS CELA NE CHANGE RIEN AU FAIT QU'IL EMBRASSAIT UNE AUTRE FILLE...

TCHIP
PARLONS UN PEU TOUS LES DEUX...
J'AIMERAIS VRAIMENT QUE NOUS SYMPATHISIONS...

J'AI TROUVÉ MON PROCHAIN JOUET...
BAH, NE TREMBLE PAS COMME UNE FEUILLE, VOYONS !
GNAAAP

ELLE EST PEUT-ÊTRE PLUS PRÈS QUE L'ON NE CROIT !
DANS LES FILMS, ELLE...
FERAIT ÇA...
BOM
ZIEUT ZIEUT
À QUOI BON ?

gakuen ouji

ELLE S'EST ENFUIE PAR LA FENÊTRE ?
ELLE EST FOLLE !
OKITSU !!!
Chapitre 18
« Le Prince de la peur »
MAIS POURQUOI ?
ALORS ?
DU TROISIÈME, ÇA DEVRAIT ALLER, NON ?
IDIOT !
SAUTE SI TU VEUX MAIS SANS MOI !
HUM...
DASH

On dirait bien que le sourire de Nobunaga est ravageur au point de berner Rise d'un seul et unique coup... (truc impossible en temps normal)

Le visage d'AKamaru est flippant comme ça...

MAIS HEU, LECTEURS, VOUS AVIEZ SOUVENIR DE CES HISTOIRES, VOUS ?

OKITSU !
JE CROIS QUE J'AI TROUVÉ MON NOUVEAU JOUET... ☆

NOUS NE LAISSERONS PERSONNE ALLER À L'ENCONTRE DES ORDRES DE NOTRE MAÎTRE !
QU'EST-CE QUE...
HÉ ! OKITSU N'EST PAS DANS CETTE PIÈCE !
HEIN ? C'EST IMPOSS...
REGARDE, LA FENÊTRE EST OUVERTE !
SINCE 1958

WHAAA !
FUWA ! PAR ICI !
TU VAS PAYER !
FILLE DE CLASSE S...
SUIVONS PLUTÔT RISE !
TCHAC

JE LUI OFFRE UNE SUPER OCCASION DE VOIR AZUSA MIZUTANI SE FAIRE VIRER OU DE DÉGAGER DU LYCÉE…
ET LUI NE M'EST ABSOLUMENT PAS RECON-NAISSANT.
HEIN ?
J'AI EU TORT D'ESPÉRER QUELQUE CHOSE D'AKAMARU.
CETTE HISTOIRE DE CHÂTIMENT PUBLIC, J'EN AI MA CLAQUE…
PEUT-ÊTRE OBTIENDRAIS-JE PLUS DE RÉSULTATS SI JE M'AMUSE UN PEU AVEC CELLE QU'IL A EN VUE… ♡

GNAAAP
HMM...
EN FAIT, T'ES PLUTÔT PAS MAL VU DE PRÈS...
AKAMARU, QUEL IMBÉCILE...
S'IL AVAIT ACCEPTÉ D'ÊTRE SOUS MES ORDRES, IL AURAIT PU SE TAPER DES FILLES COMME TOI SANS AVOIR À SE PRENDRE LA TÊTE...
QU... !
QUOI ?

ばん
ZAAAM
FUIP
HUUU...
......

HEU... !
VU QUE LA DÉLÉGUÉE N'EST PAS ICI, JE...
MAIS... !
TCHAC
TCHAC
TCHAC
C'EST FERMÉ...
COMMENT CELA SE FAIT-IL ?
BOI
DÉCIDEMMENT, TU ES AUSSI LENTE D'ESPRIT QU'AZUSA, TOI...

TIENS ? ON DIRAIT QU'ONITSUKA N'EST PAS LÀ...
TCHUIP
KLONG
BAH, ATTENDONS UN PEU. ELLE FINIRA BIEN PAR REVENIR.

TU FAIS PAS SEMBLANT, QUAND TU FRAPPES, TOI...
AÏE...
JE SAIGNE...
C'EST POUR TOUTES LES FOIS OÙ JE ME SUIS RETENU...
HEIN ?
TU M'EN VOULAIS ?
TOC TOC

TU AS VRAIMENT LE DON DE ME FOUTRE EN ROGNE, TOI...
TU VEUX VRAIMENT QUE JE TE COGNE UNE DEUXIÈME FOIS ?
BING
DEBOUT !
AÏE !
MAIS PUISQUE JE TE DIS QUE JE NE PEUX PLUS LA VOIR...
HÉ !
ÇA, C'EST TON PROBLÈME, PAS LE MIEN !
ON Y VA !

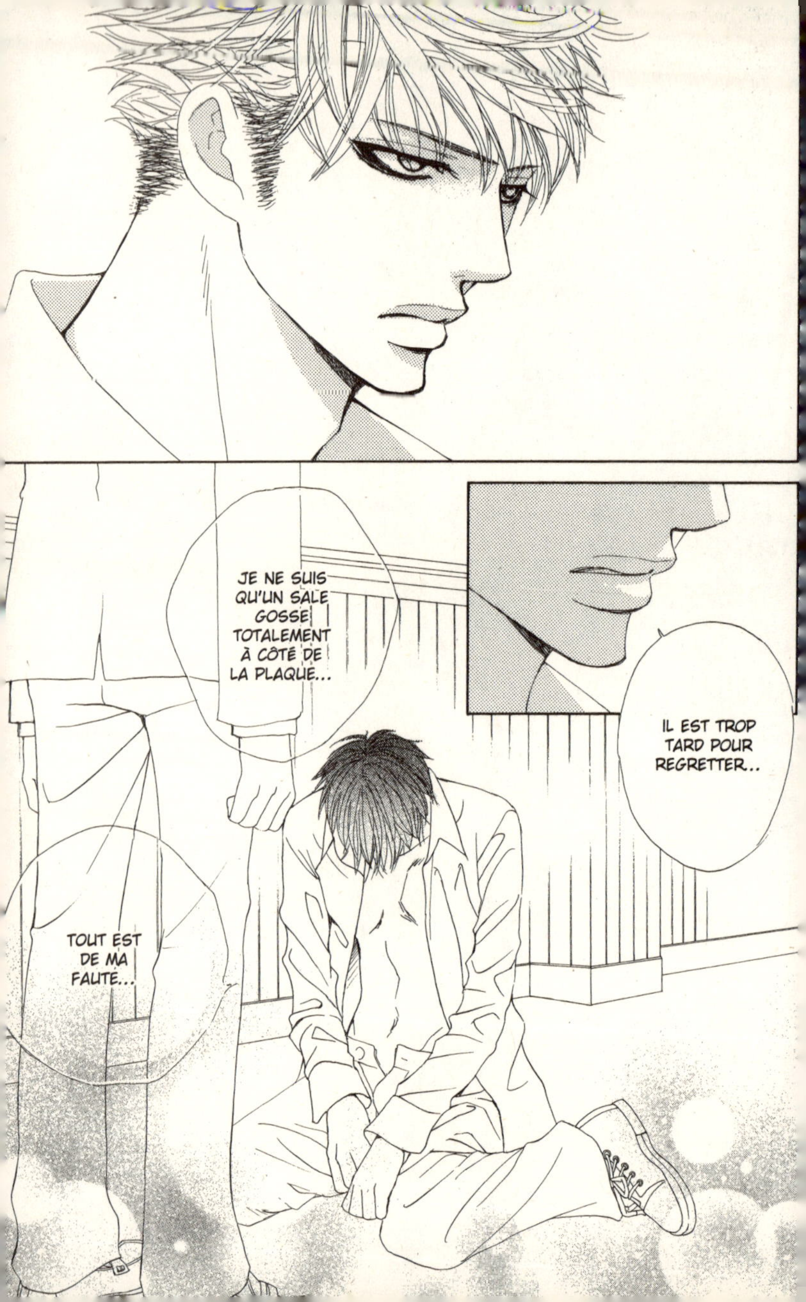
JE NE SUIS QU'UN SALE GOSSE TOTALEMENT À CÔTÉ DE LA PLAQUE...
IL EST TROP TARD POUR REGRETTER...
TOUT EST DE MA FAUTE...

ESPÈCE DE...
OÙ EST OKITSU ?
ELLE EST VENUE À TON AIDE, TOUT À L'HEURE, NON ?
OUI...
MAIS JE...
JE NE PENSE PAS QUE J'AURAI LE COURAGE DE LA REVOIR...
JE N'OSERAI PAS LA REGARDER EN FACE, APRÈS TOUT ÇA...

BiNG
SPLAAAF
ÇA Y EST ? T'ES RÉVEILLÉ ?
KOF
KOF

ALLEZ !
DEBOUT, BOUFFON !
MIZUTANI !
PFUU...

QU'EST-CE QUE VOUS ME FEREZ, HEIN ?
GLOUPS !

GNAAASH
AKAMARU ! QU'EST-CE QUE TU FICHES ?
ZUUUP
ZUUUP
TU AS BEAU T'APPELER AKAMARU, SI TU OSES TE METTRE EN TRAVERS DE NOTRE CHEMIN, TU...

AKAMARU ?!?

PLAAAP
HÉ, AZUSA !
BING
TU FAIS QUOI ENDORMI, LÀ ?
DEBOUT !
ON N'A QU'À EN PROFITER POUR LE TRIPOTER JUSQU'À SATIÉTÉ ! ♡
KLING
KLING
KLING
KLING

OKITSU...
HAAA...
PFUUU...
ET CE MÉDICAMENT, QUI...
ET MERDE !
TAP TAP TAP
VITE, IL PARAÎT QU'AZUSA FAIT UNE DÉMONSTRATION !
WHAAA !

WHAAA...
RIEN QU'UN BAISER ET...
COMMENT A-T-IL FAIT ?

ELLE FAIT FIGURE DE DÉESSE DANS CETTE ÉCOLE...
ELLE N'AURA QU'À PRONONCER UNE PAROLE POUR METTRE UN TERME À TOUTE CETTE HISTOIRE.
JE...
MAIS POURQUOI ÉCOUTERAIT-ELLE LA REQUÊTE DE QUELQU'UN COMME MOI ?
JE N'EN AI PEUT-ÊTRE PAS L'AIR COMME ÇA MAIS...
JE FAIS PARTIE DU COMITÉ DES DÉLÉGUÉS. JE PEUX DÉJÀ TE GUIDER JUSQU'À SON BUREAU...
KLING

LES FILLES L'ONT EMBARQUÉ ET DEPUIS...
MOI AUSSI, J'AI VOULU LUI FILER UN COUP DE MAIN MAIS LES AUTRES SONT VRAIMENT FLIPPANTES...
HA HA HA !
QUOI ?
ENCORE ?
GNAAASH
ATTENDS, J'TE DIS !
ZUIP
CALME-TOI...
HA !
TU AURAS BEAU COURIR DANS TOUS LES SENS, TU NE RÉSOUDRAS PAS TON PROBLÈME...
CE N'EST PAS LA PREMIÈRE FOIS QU'IL SE FAIT ENLEVER. ET DONC SÛREMENT PAS LA DERNIÈRE...
HUU...
BREF, J'AI PENSÉ À UN TRUC...
QUE PENSES-TU DE DEMANDER DE L'AIDE À LA DÉLÉGUÉE DES ÉLÈVES ?

AÏE !
NON NON, MOI AUSSI, J'AVAIS LA TÊTE AILLEURS...
BON, À PLUS !
HA ! OKITSU, ATTENDS !
QUOI ?
TU CONNAIS MON NOM ?
TU SAIS, JE SUIS L'AMI DE MIZUTANI...

きゃ
WHAAA
VROOOM
SACRÉ COURANT D'AIR !
TOP
TOP
TOP
TOP
TOP
!?
WHAAA !
BIIING
AÏE !
KLONG
PA...
PARDON !
JE SUIS DANS L'URGENCE ET...

UNE ARME CHACUN !
NE VOUS BATTEZ PAS !
MOI, J'VEUX CELLE LÀ !
UN BÂTON MAGIQUE !
ZUIIISH
ZUIIISH
MOI MOI !
IL ME FAUT AUSSI DES VÊTEMENTS POUR ALLER AVEC MA BAGUETTE !
HEU, IKU... OKITSU EST PARTIE DEVANT...
DAAASH
MIZUTANI !

IDIOTE !
TU ES COMPLÈTEMENT FOLLE OU QUOI ?
SI JE N'AVAIS PAS ÉTÉ LÀ, TU TE SERAIS ÉCRASÉE COMME UNE MERDE !
DU CALME, FUWA...
FUWA ? JE NE T'AVAIS PAS RECONNUE AVEC TES CHEVEUX COURTS...
MERCI, FUWA...
GRRR...
PFUU...
JE NE LES AI PAS COUPÉS POUR TE FAIRE PLAISIR, HEIN !
BON, SINON...
TADAAAM
IL EST TEMPS DE METTRE UN TERME À LA DOMINATION DES FILLES DE LA CLASSE S !
J'AI APPORTÉ DE QUOI LES CONVAINCRE DE NOUS RENDRE AZUSA MIZUTANI !

TCHOOOOMB
ドカーンッ
ÇA ALORS... TU...
ゼーゼー
HAAAA HAAAA
FUU...
SAUVÉE...

RISE
VOILÀ CE QUI ARRIVE QUAND ON ESSAIE DE SE SUICIDER !
TU VOIS QUE J'AVAIS RAISON !
OUI, D'ACCORD, VOUS AVIEZ RAISON, M'SIEUR !
JE VAIS CREVER !
ALLEZ, SAUTE !
JE SUIS LÀ POUR TE RATTRAPER !
WHAAA !
RISE A DE GROS ENNUIS !
YASUDA ! VITE, DES MATELAS !
HUU...
AAARGH...
QU'IL EST CON, LUI !
JE...
HAA...
TIENS BON !
MON-SIEUR, AIDEZ-LES !
C'EST LOURD !
ALORS, ÇA VIENT YASUDA ?
WHAAAAA
ZUI...P

AAARGH-
WHAAAA-
GNAAAAP
HIIIII-
ZUIP
MONSIEUR !
APPORTEZ-MOI DE QUOI M'ACCROCHER !
BRRR...
JE VAIS TOMBER !

HÉ TOI !
TOI LÀ-HAUT QUI TENTES DE TE SUICIDER !
RÉFLÉCHIS BIEN AVANT DE SAUTER !
ZUT
MONSIEUR !
CE N'EST PAS UNE TENTATIVE DE SUICIDE ! MAIS CHUUUT !
LÈVE LES YEUX VERS L'IMMENSITÉ DU CIEL ET TU VERRAS QUE TES CHAGRINS NE SONT RIEN...
OUAIS, OK ! MAIS MAINTENANT, DÉGAGEZ MONS...

HUU...
C'EST HAUT...
JE DEVRAIS QUAND MÊME POUVOIR DESCENDRE ...
TOP
HEIN ?
JE VAIS ESSAYER ...
NON, ATTENDS UN PEU AVANT DE PRENDRE DE GROS RISQUES !
FUIP
BRRRR...
AAAAARGH !

S'IL TE PLAÎT !
TULULULU
BIP
ONODERA ?
ONODERA
RISE ? C'EST TOI ?
TU RÉPONDS ENFIN !
OÙ ES-TU, LÀ ?
CLAC
CLAC
ENFERMÉE DANS LA RÉSERVE DU BÂTIMENT DES CLASSES, AU TROISIÈME ÉTAGE !
KLONG
JE NE DISPOSE QUE D'UNE FENÊTRE VERS L'EXTÉRIEUR...

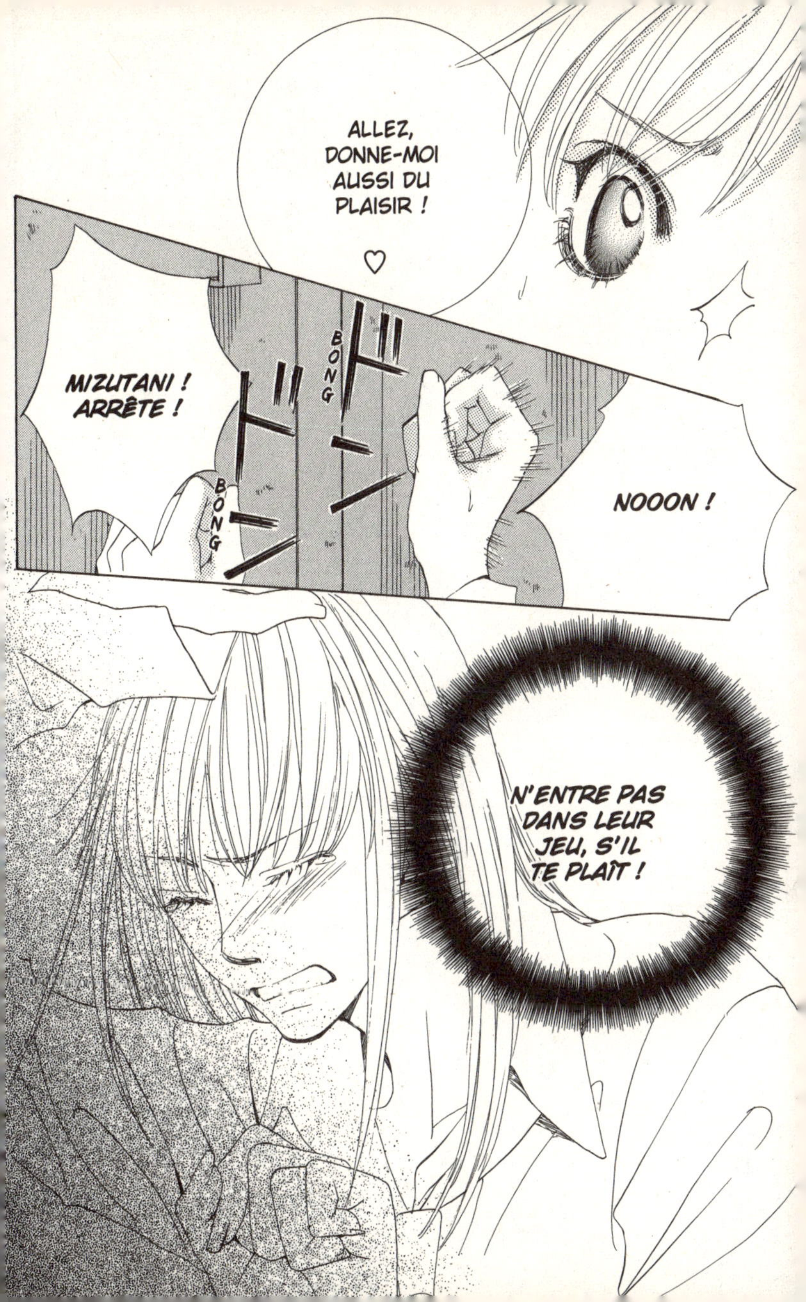
ALLEZ, DONNE-MOI AUSSI DU PLAISIR ! ♡
NOOON !
BONG
BONG
MIZUTANI ! ARRÊTE !
N'ENTRE PAS DANS LEUR JEU, S'IL TE PLAÎT !

AAAH...
HAAA...
HMM...
GLOUPS
AZUSA ! À MON TOUR !
ZUUUP
NON, À MOI D'ABORD !
WHAAAA
!!
QUE...
AZUSAAA...
MAIS QU'EST-CE QU'IL FABRIQUE LÀ DEHORS ?

ET SI TU PARVIENS À TOUTES NOUS SATISFAIRE, ALORS NOUS METTRONS FIN À LA SENTENCE...
SLURP
ZUP
HMM...
HMM...

EN ATTENDANT, LAISSEZ-MOI VOUS MONTRER..
HÉ BIEN, ÇA S'ANNONCE CHAUD BOUILLANT !
ON VA DONC TE LAISSER FAIRE, POUR VOIR..

MIZUTANI...
ALORS COMME ÇA, TU T'ENGAGES À TOUTES NOUS COMBLER ?
T'AS PAS L'AIR EN FORME, POURTANT...
ON AIME BIEN LES HOMMES SÛRS D'EUX...
BAH, APRÈS TOUT...
ON REPARLERA DE TOUT ÇA APRÈS, ENTENDU ?

MIZUTANI !
QU'AS-TU L'INTENTION DE FAIRE?
TAP
TAP
OUVRE CETTE PORTE !

Playboy Academy,
ça commence !

Chapitre 17
Amitié malsaine...

# SOMMAIRE

5

# gakuen ouji

## playboy academy

Jun Yuzuki